鍾玲極短篇

鍾玲 著

匯智出版

責任編輯：羅國洪
封面設計：張錦良

書名：鍾玲極短篇
作者：鍾玲
出版：匯智出版有限公司
香港九龍尖沙咀赫德道二A
首邦行八樓八〇三室
電話：二三九〇〇六〇五
傳真：二一四二三一六一
網址：http://www.ip.com.hk
發行：聯合新零售（香港）有限公司
香港新界荃灣德士古道二二〇至
二四八號荃灣工業中心十六樓
電話：二一五〇二一〇〇
傳真：二四〇七三〇六二
印刷：陽光（彩美）印刷有限公司
版次：二〇一二年九月初版
二〇二四年五月第五版
國際書號：978-988-79783-8-1

目錄

1 結尾的大逆轉

2 觀點決定內容

3 時光說的故事

4 心理層次的呈現

5 由現實進入夢幻

1 結尾的大逆轉

車難

陳春雄著深綠色的軍裝，立在橋頭的崗哨站，長橋橫跨在新竹的頭前溪之上，他渴望地盯着由橋面伸向綠野的火車鐵軌。已經過了八分鐘了，自強號怎麼還沒來？腦海中又出現昨夜他們的初吻，她的唇那麼柔軟，比水蜜桃還要甜。

「我向班長請假，明早送你回台北的醫院上班。」

「那不好。這麼辦吧，我不坐公路局車子，改搭自強號，到了橋頭，我跟你招手，好不好？」

他的心跳加速，火車出現了，由綠野馳來。遠遠看見橋那端馬路上的平交道前急駛來一輛卡車。忽然隆一聲，火車上了橋，火車頭頂着那輛卡車，他眼都來不及眨，卡車連帶四五節車廂已經滾落橋去。他大叫「正美！」衝下河床，衝了七八步驀地急刹住腳，回頭跑進崗哨站，奪起電話喘着氣說：「報告班長，出了大車禍，火車翻下橋了！」

「我們馬上趕來，小陳，你快先下去救人！」

陳春雄把槍往背上一掛，拔腳奔去，橋下有五節車廂扭曲地橫陳在纍纍的卵石上。後面的車廂除了兩節立在橋上，其他都安然立在平野的鐵軌上。他一面跑一面喃喃自語：「你到底坐哪一節？別坐了前面這五節，你不可以死！」

第一節車廂整個側臥地上。天啊，正美在裏面嗎？他爬上車廂，玻璃窗裏有個老頭仰着臉，頰上淌着一道血，他恐怖地瞪大眼睛，用手拚命敲玻璃。陳春雄一輩子沒見過比這張驚嚇得更厲害的臉。嗡一聲血湧上他的頭，他不假思索地取下槍，用槍柄把玻璃打破，再迅速用槍柄清除窗框的玻璃碎片，伸手拉出老頭，剛把他扶上河床，立刻有兩雙手把老頭接過去。陳春雄抬頭四望，已經有十多個民眾趕到來救人了。

哭喊聲、呻吟聲由背後那面玻璃窗傳出來，震撼他的耳鼓，往裏一看，他的心抽緊了：兩排椅子全翻到一邊去，亂得像炸山後的崩石。肢體、人頭，在椅子之間掛着、蠕動着。血濺在綠色的椅墊上，血滴下玻璃擴散開。他一鑽進車廂，腿就給人緊緊抓住，一個中年婦人灰着臉瞪他，啞聲說：「我的腿，我的腿……」

她的下半身壓在一堆椅子下面。陳春雄使勁把那些椅子舉起來，婦人吃力地用雙手撐着，把自己下半身拖出來。她右腿上，血汩汩湧出來。他忙把她背起，爬出車廂。到了河床，她已經痛昏過去了。陳春雄發現她右腿，竟有骨頭由傷口刺穿出來，小腿骨折了。他小心翼翼地把她平放在地上，然後把背上的槍取下，把它平行貼放在她右腿旁邊，用手帕把她的腳踝綁在槍管上。他心裏禁不住發愁，下一步怎麼辦，骨折成這樣，他學過急救法，但沒把握，而且，還有什麼可以當做繃帶用呢？有人迅速地在他身邊蹲下，取出一塊彩色布，熟稔地把婦人的大腿綁在槍柄上，那是一塊紫底黃花的大絲巾，他送給她的絲巾；陳春雄抬起頭大叫：「正美！」

她也抬起頭，眼中閃出意外的驚喜。

附註：一九八一年三月八日，台灣新竹的頭前溪橋前，火車與卡車在平交道上相撞，火車出軌，五節車廂翻落橋下，釀成三十人死亡，一百多人受傷。自強號是當時火車種類中最高級的、最快的。

正室側室

今年的清明節，肯定是大好天氣，早上六點半，天色已經透亮透亮，清淺得像海藍寶石。那麼清早，香港仔華人永遠墳場的山徑上，已經出現第一批掃墓人：兩女一男。兩個中年女人一式穿着白布衫子、黑布褲，手裏拎着水桶、掃把，塑料袋裏裝着金色顏料罐子、筆刷、抹布、清潔劑等，顯然是兩個大戶人家的女傭人。

他們三人穿越一座座美輪美奐的墳陵，最後來到一片坐北朝南的墓園，墓園周圍護着白色雲母石砌成的圍牆，倚山的牆上迎面嵌了一塊赭色的大理石，上面刻了四個漆金的大字，「霍府墓塋」。墓園裏一字排開三座大墳，全由赭紅大理石砌成，即使在這富人的墳場，全用這麼貴重的石材，還是少見。

兩個女傭人一到就着手清掃墳上的塵土，奇怪的是那個男人不像是來掃墓的。他身材魁梧，抱住雙手，立在墓園閘口警戒地四望，神色倒像個保鑣，在戒備會有什麼危險人物出現。更奇怪的是，明明並排三座墳，兩個傭人只打掃右邊兩座，左邊一座卻任它敷了一層厚厚的灰塵。

三座墓碑上的描金刻字分別如下：

顯考霍公隆華之墓　生於一九〇四年歿於一九八四年

先室霍盧碧珠之墓　生於一九〇七年歿於一九七八年

側室霍黎蕙之墓　生於一九四六年歿於一九八三年

傭人沒有打掃的，就是側室黎蕙的墳。她碑上還嵌了一張黑白照頭像，穿着鏤空的旗袍，嬌俏地側着頭，微笑的嘴角隱含春意。死的時候三十七歲，推算一下，她丈夫在她死那年還活着，已經七十九歲了，比她足足大四十二歲。

傭人清潔完兩座墳，再用金漆描碑上的字，然後打掃墓旁的小亭，打掃完就先回去了。魁梧大漢則一直站在墓園閘口，眼睛骨碌碌地四望，一望望了七個多小時，下午三點，主人們在拜山的人潮中出現了，浩浩蕩蕩一行共十四人。帶頭的是位很有氣派的老太太，她入贅的丈夫跟在身後，丈夫後面是兩對兒子媳婦、四個孫兒，兩位湊熱鬧的親戚，最後尾隨的是早上來過的那兩個女傭人，拎着上墳用的燒豬、燒雞、水果、香燭。老太太六十歲左右，個子高大，狹長的馬臉，嚴厲地抿着嘴，穿着象牙白對襟綢衫褲，耳上戴着龍眼核大小的灰珍珠。一大群人在兩座光可鑑人的大理石墳前上香祭拜，沒有人理會左邊那座塵封的墳。五點鐘，祖孫三代在亭中晚餐，飯後兩個傭人帶四個孩子先回家。剩下十一個大人卻全都留在霍家墓園，坐在亭子裏。

天陰暗下來，一眨眼便成了另外一個世界。沒有了陽光，不見一山鮮活走動的掃墓人，墳山沉在一片灰藍之中，山上刮起一陣料峭春風，灑一天的紙錢灰，無數朵斷根的花，在千萬座墳前，不安地搖着頭。坐在亭中的主人和親戚，聊天的話題都説盡了，只靜靜地坐着，不知在等誰？在等什麼？

他們直耗到一彎月亮升到高空，老太太終於站起來，到三座墳當中那座霍盧碧珠墓前蹲下。她盯着碑上的照片，微弱的光線中是一張跟她一模一樣的馬臉。她咬着牙低聲訴説：

「媽，只要有我在，那衰仔[1]清明節休想來拜山，狐狸精也別指望她兒子清明節來祭掃！阿爸太不像話，不念你四十年夫妻情，討了狐狸精就搬出去，還把家產二分之一分給他們！死狐狸精全仗她年輕，比我還小二十歲！我一直盼阿爸過身之後，好好治她。沒想到她趕在阿爸之前走了！哼！就是死了，我也有法子治她。阿爸做夢也沒料到，我會不遵遺命，把他葬在你旁邊，而不是她旁邊。媽，有你擋在他們兩個中間，狐狸精一定作不了怪。你與阿爸過去這半年來一定說了許多體己話。我在你們兩人石槨中間打的那個洞，是不是很方便你們說話？而且，一抬頭，就能望見阿爸，你可以每分鐘看住他。」

第二天拂曉時分，清冷無人的墳山上，出現五個十七八歲的青年，他們警戒地快步走向「霍府墓塋」。四個青年在墓園閘口把風，剩下那個走進墓園，他著時髦的白西裝，肩墊得高高的，手上捧着一大束雪白的康乃馨，俊美的臉上佈滿緊張。他先到父親的墳前鞠了個躬，然後匆匆奔到側室黎蕙的墳前，人整個垮了，頹然坐在碑前，舉起顫抖的手指輕輕撫摸照片上母親的臉。

然後他站起來，探問地望着閘口的那幾個朋友，他們巡視周圍後朝他點點頭。俊美的青年由手提袋中取出個小鏟子，從父親墳前插花的小土槽中，把一束紅紅黃黃的花鏟出來，在槽中挖了個洞，慌忙放了一個香煙包大小的小黑盒進去，再把花插回槽中。然後他回到母親墓前，也在土槽中挖了個洞，偷偷放進另外一個黑盒子，再把自己帶來的那一大把白色康乃馨插在上面。他跪在母親墳前，低頭喃喃地說：「媽！不怕大媽擋在你們兩人中間。有了對講機，你可以常常跟阿爸講話。過半年，我會來替你們換電芯[2]的……」

1 「衰仔」，粵語，指「壞小子」。

2 「電芯」，粵語，即「電池」。

攤

蕙姐在當歸湯的鍋裏加了水，心想，雖然過了十一點，今晚她的攤子應該還可能做幾單生意。忽地她意識到有人瞪着她，抬起頭，一個男人在馬路對面，目不轉睛地朝她望。她愣了一下，自己明明是個沒有光彩的中年婦人，他為什麼盯她？況且這個男人很出眾，高高的個子，很少見人穿這麼筆挺的西裝來逛夜市的。大概他剛好站在那裏等人。

他竟越過馬路，來到她攤前坐下。她一抬頭，正遇上他凝望的眼睛。蕙姐張開雙唇，卻發不出聲。是他，雖然現在戴了眼鏡，那雙眼睛完全沒變，跟以前一般有神。他輕聲説：「我回來了，蕙子。」

她由頭到腳發起抖來。蕙子這稱呼，自從十年前爸媽葬身火窟，就沒有人叫了。他為什麼現在才回來？為什麼不在十年前，她需要他，清晨哭喊着他的名字醒來的十年前？那時候，為什麼連封信都沒有？驀地她注意到他的金絲邊眼鏡，他剪裁合身的西裝，而自己穿的是過時的舊衣裙，眼角打了褶。時間不對了，這段哀怨只有再度埋起來。她已經不發抖了。她低聲説：「你……由日本回來了？」

「是，這一去就十五年。頭三年唸高中，把你給我的錢都用完了。考進醫學院，半工半讀，生活太苦，所以就沒給你寫信。等我畢了業出來做住院醫生，再寫信跟你聯絡，又找不到你了。沒想到你們家變化這麼大！」

她黯然説：「那場火，把我們的家產，那個大木材場，全燒光了。」

「我都知道了，回來找你找了半個月，終於找到你家木材場對面那個理髮師，他搬了四次家。他太太說你在台中夜市這裏擺了十年的攤，帶大了三個弟弟妹妹。蕙子，你太辛苦了，我要你過得舒服些。」

蕙姐一直望着他，她淒苦的臉上現出一絲微笑：這個男人全身上下都透着一股自信，不再是當年那個怯生生的木工學徒。她的眼光不錯。為了他的前途，應該第二次放他走，像十五年前放他去日本一樣。於是她說：「那些錢你不必放在心上。弟弟妹妹現在都大了，現在我還過得去。」

他靜靜地看了她半晌，由西裝外套裏面的口袋中掏出一枝筆給她，她下意識地接住，心想是要她寫地址吧。她聽見他說：「我不是來還錢，我來，是為了我們約定過。」

她攤開手，望着那枝鍍金的派克鋼筆，以前閃爍的金光如今已變成柔和的夕陽黃金色，她不由自主地全身又發抖了……

「這筆給你，用它考醫科畢業試！」蕙子嬌聲說。

他伸出雙手輕輕擁住她雙肩，用他的額頭貼向她的：「我捨不得用，等我回來娶了你再用。」……

蕙姐伏在攤上哭了，他走過來，伸手按在她的肩上。

附註：這篇取材自一九八〇年台灣的報紙上刊載的一則新聞。

住店驚魂記

一九七二年，我在「夜露詩魄冷」鎮過夜，給嚇得半死。為什麼我替那個地方起了個如此古怪的名字？且聽我道來。

那年初春，我的博士論文快要殺青，剛好俄亥俄州的安笛月柯大學（Antioch College）有個教職出缺，他們請我去面談，於是我就由威士康辛大學飛去那個大學城。

大學城的名字叫Yellow Springs。這個地名譯起來可真棘手。Springs應該是指「泉水」。但「黃泉鎮」豈是活人去得的地方？若把Springs譯作

「春天」，地名譯成「黃色春城」就更不像話了。所以我只有向林黛玉林妹妹的詩句——冷月葬詩魂——借借靈感，把它音譯為「夜露詩魄冷」。

我是晚上九點鐘到的。來接機的是位三十多歲的金髮女子，她披着又蓬又亂的一頭長髮，刺蝟似的，穿着牛仔褲，一副桀驁不馴的模樣，我想她大概是英文系教當代詩歌的老師，等她自我介紹才知道，她是文學院長的機要秘書。這有點古怪，美國高級行政人員的秘書，大多打扮得整整齊齊，著筆挺的套裝衣裙、絲襪、深色高跟鞋。聽說這間大學風氣非常開放。

等她開車送我到達學校，已經十點多了，車窗外，校園一片沉寂，一片黑暗，她告訴我，學校師生開會決定，要節省能源，晚上所有建築物都熄燈，路燈也只開一半。到底此地有沒有黃色的泉水？或者是此地的春天是否有黃沙飛揚的景象？既然黑得什麼都看不見，我也無從考據。

她在一幢漆黑的大樓前停了車，對我說：「下車吧！這就是招待所。」

她用鑰匙開了大門，啪一下扭亮了燈。大廳空無一人，陰森森的，我心裏發毛，看來整幢招待所只有我一個住客！她打開九號客房的門，開了燈，客房倒不陰森，跟一般旅館的設備差不多。然後，她把明天的活動表給我留下，大門和客房鑰匙給我留下，道聲晚安就離去了。

我在床上輾轉反側，不能入睡，因為這間學校位於山谷之中，谷風直繞着大樓打轉，颳着玻璃窗，發出淒厲的呼嘯，令我聯想到《咆哮山莊》一書裏，呼嘯窗前的風，活似幽靈哭喊着：「讓我進來！」這邪門的黃泉鎮！我怎麼也睡不着，看看錶，已經一點多了。於是我把床邊的一盞小燈扭開，房裏有圈暗黃的光，我的心定了些。

我矇矇矓矓，剛滑入睡鄉，忽地一陣冷風向我襲來！我睜開眼，我的房門竟大開着！門口立着一個彪形大漢，是個黑人！我大驚之下，全然醒了，跳下床來，順手拉起毯子，裹在薄薄的睡裙外面。我嚇得連害怕都不會了，呆子似地瞪住他。那張黑臉上，一雙閃閃發白的眼睛，狠狠地盯住我，僵了片刻，我看清他穿一件黑色的風衣，雙手插在口袋中，裏面也許有槍！

我終於鼓起勇氣，大聲說：「你憑什麼進來？」聲音大是大，可是口氣根本不強硬，我聽見自己牙齒打顫，上下相擊，的的作響。

他兇悍地瞪了我一下，冷冷地說：「你憑什麼進來？」

然後動也不動地望住我。

邪門！他為什麼只是重複我的話？是不是神經不正常？是不是這個黑人學生，吃了大麻，所以神智不清？好像書上說過，對付瘋子，最好裝出若無其事的樣子，與他閒扯，好分散他的注意力，以免他瘋病發作。想到這裏，我盡量裝出平靜的聲調說：「喂，你好？我不是美國人，我在你們國家是客人，你知道，對客人應該和和氣氣的，我還是這個學校請來的客人，文學院長的秘書，你認識她嗎？她接我來的……」

開始他一臉莫名其妙的表情，忽然，他打斷我的話，滿臉訝異，口中喃喃地說：「怎麼會是這個房間？」

他急急忙忙由口袋中掏出一張紙，打開來看，然後懷疑地望着我說：「你貴姓？」

我給弄糊塗了，囁嚅地說：「鍾Chung。」

他再對對手上那張紙，臉上現出恍然大悟的表情，直抱歉說：「對不起，鍾小姐，對不起，我們安排你住的是六號房，一定是文學院的人拿錯了鑰匙，6反過來是9，他看錯了！方才我看見這房門下透着燈光，怕有吃了大麻的學生，由窗子爬進來鬼混。打擾你，真對不起，你就住這間吧，不必搬了。我姓史密斯，是招待所的經理……」

他道歉再三，退了出去。老天，方才嚇昏了，也不看看人家打扮得整整齊齊，也不看人家一副從容鎮靜的模樣，更忘了提醒自己，安笛月柯大學以風氣開放聞名，在那個年代就請黑人當經理，是理所當然的事啊！
那次我豈止把詩魄都嚇冷了，魂都嚇飛了。

誠實的阿偉

在中環永安餐廳，坐在落地窗旁，跟一位法律界同行吃午餐，我結完帳，抬頭之際，眼角掃到對街大廈門口一個中年婦人。她著深藍色的衣裙，略呈方型的臉，有點眼熟。再一細看，竟是她，韓姑娘！當年我還是九龍城街童的那段日子裏，最疼愛我的導師，韓姑娘。我連忙出來，幸虧她還站在那裏，大約在等人。我笑瞇瞇地在她跟前一站，喊她：「韓姑娘！」

她對我瞠目相視，那雙本來高吊的丹鳳眼，現在眼角已下垂。她望了望我筆挺的西裝，再端詳我的臉，然後驚喜交集地嚷：「阿偉，是你啊！」

「是啊！我們有十八年沒見面了。」

「對，對！記得你唸中四時還來探過我。現在你在哪裏高就？」

這時她向一個中年婦人招手，想是她朋友到了，我匆匆說：「我做律師，兩個月前開了自己的律師行。」我把名片交給她：「有什麼事需要我，一定要找我。」

過了兩星期，韓姑娘帶着位老太太上我律師樓來，她這位姨媽在九龍有層樓，租房的是惡客，不肯繳租。我即刻出了律師信，很快解決了問題。韓姑娘要付我律師費，我堅持不收分文，對她說：「以前妳對我真好，那五年要不是妳用心教我，我根本不可能考上官立小學，連官立小學都讀不上，也不可能有今天。」

她一臉欣喜地說：「你真不容易，當年全班十來二十個人，我就知道你最有出息，不但聰明用功，而且最誠實！」

我臉上堆着笑容，心中卻想：「差不多三十年了，那件事她一直不知道實情。」

＊　＊　＊

我那五年上的不是小學，因為我們那群九龍城的街童，家境太窮，上不起小學，一直到一九五八年，政府辦了義務教育的官立小學，我才有機會考上官立小學，以十三歲的高齡，插班入四年級。那五年我們街童上的是社會福利中心辦的輔導班，一周五天，每天上三小時課。還在中心吃一頓午飯。然而我們導師的師資卻屬一流，韓姑娘方由廣州的嶺南大學歷史系畢業，逃難到香港來。她一個人教我們十七個人十八般武藝：國語、數學、英文、常識、遊戲五科，一個人包辦。這還不算難得，最難得的是，這位年紀輕輕的女郎，竟然把十七個頑童管得服服貼貼。

記得那時我七歲，進輔導班才幾個月。當韓姑娘走向我們教室的時候，房裏正鬧得翻天覆地。班上十七個人之中，有十三個又蹦又跳，各自拿着手上的三毫子，又拋又接，口中嚷着：「三毫子，九根香蕉，一條長蔗！」

那年頭，一毫當真能買三根香蕉，或一短截甘蔗。

只有四個人坐着不動，看熱鬧：我、弱智的阿癡和阿傻，還有女娃阿猿。

大家一見韓姑娘進了門，個個慌忙把三毫塞進口袋裏。她看見大家的手亂動，就把前排三個人叫起來，命令他們掏出口袋裏的東西，發現每人手中都拿着三毫，曉得必有古怪，就板起臉問：「說！哪裏來的？」

他們三個不出聲，她冷冷地說：「不講，不但沒收你們的三毫，而且要罰你們寫『鬱』字！」

天啊！我們最怕的就是罰寫『鬱』字，這比打手心，甚至比舉雙手罰站，都恐怖得多。這個字不但彎拐多，要一罰寫五十個，還用毛筆寫，還要寫在小格子裏，認真攞命！簡直要了我們的命！

不濟事的阿六馬上招供說：「是阿猿分給我們的。」

「阿猿，講，哪裏來的錢？」

長手長腳的阿猿，揉着她洗得泛白的花布裙，眼朝地說：「地上拾來的。」

「又是拾來的？說謊也要換個樣！是從別人口袋中扒出來的吧！」

阿猿只好點頭承認，但她的口氣仍有一份自豪：「我掏到五塊，自己留下一塊多，其餘全分給同學了。」

當年五塊錢對窮孩子而言，是發大財了！

韓姑娘說：「全部繳出來！」

大家乖乖繳出錢，因為心裏有數，她一定會「公正」地處理這筆錢。

我們最服貼她的賞罰分明。

韓姑娘嚴厲地瞪住我：「阿偉，你的三毫呢？」

我理直氣壯地答：「報告，我沒有拿錢。」

她懷疑的眼光射向阿猿，阿猿很熱切地替我辯護：「真的，我給他錢，他不要。」

韓老師眼光閃動地望了我兩秒鐘，然後對全班宣佈：「我沒收的五塊，其中三塊會去茶樓買糯米雞粽，給你們加菜。阿猿沒粽子吃，因為扒錢是不正當的行為。剩下兩塊給阿偉作獎品，因為全班只有他一個人，最正直，小小年紀就懂得不取不義之財！」

＊　＊　＊

我真的那麼正直嗎？

今天我還清楚記得，當阿猿分三毫分到我的時候，我說：「不要啦！

阿猿，妳自己留下吧，分給我，你自己只剩下一塊一毫，太少了，不如妳留下我那份，那妳就有一塊四了。」

我雖只有七歲，卻有一流的數學頭腦，而且已經懂得爭取人心。但我不收三毫真為了爭取阿猿嗎？其實不盡然，我是嫌三毫太少。如果她是給我三塊錢，我一定照收。而且我已設想到，如果分贓的事給大人發現，我會因三毫而挨罵，太划不來。

自此以後，韓姑娘認定我天生誠實正直，對我寵愛有加，我又用功，更對她胃口。其實她很迂腐，誠實正直在這個金錢至上的社會有什麼大用呢？想要發達，就要醒目，就要精刮刮，金錢方面要能大處着眼，不貪小便宜，更要會順勢製造有利的人際關係，我天生就會這兩套，所以我能扶搖直上。那麼韓姑娘的教育算成功還算失敗呢？我對她的愛護，打從心底感激，所以對那些正直如韓姑娘的人，只要有機會，我都樂於效勞，比起我的同行，我是個有正義感的律師。這是韓姑娘的成功，大概她觸及了我深藏的所謂良知吧。

永遠不許你丟掉它

北風根根針尖似地刺着施老伯的喉頭，他忙把藍棉襖的領口扣上。他進了公園的貯藏室，取出掃把和畚箕，然後走到鞦韆旁邊，待要掃地下的落葉，忽然他瞪大雙眼，驚奇地望着正前方：那張長椅上放的是什麼鬼東西？黑色的大包裏？誰留下來的？怎麼會有那麼大的包裹？他定睛一瞧，才看出黑色包裹頂端有個人頭，短短的黑髮，是個男人。施老伯想，自己真是老眼昏花，明明是一對情侶，兩人裹在男朋友的黑大衣裏。公園是情侶流連之處，但是一早八點半，在陰暗的黑雲下，吃着冷風談情說愛，以前倒沒見過。大衣裏的小天地一定熱烘烘。施老伯油然懷念被窩裏的老太婆胖墩墩的身體，可是她已經去了，去了兩年了。施老伯拿起掃把畚箕就往回走，自己還是不要打擾這一對戀人。

他走到公園另一端去掃水溝，溝水清淺，落了一堆堆黃褐色、橙紅色的葉子，他掃到一處停下來，見到溝裏散着些紙屑，有揉成一團的證件，有撕成碎片的名片，一定是什麼人清理他的皮夾子。他用力一掃，掃把帶起一張照片，又飄回透亮的溝水中，一張臉平貼在水面上，向他微笑，是張女孩子的小照。施老伯拾起照片：黑白照，有點泛黃，披肩的長髮，清清秀秀的五官，施老伯信手翻過來，背面題了字：

「親愛的國材：
永遠不許你丟掉它！
你的麗雲一九八五年一月二十八日」

他似笑非笑地彎彎嘴角，照片由他手中飄落，落在水溝裏一大堆落葉中。

2 觀點決定內容

小野貓

一股寒氣鑽進毯子，刮着瑪莉安光滑的背，她凍醒了。她一面用毯子裹緊脖子，一面把自己的臉貼到馬丁的面頰上，輕輕地擦着他新長出來的鬍碴子。忽地，她瞪大藍眼睛，吃驚地盯住他們兩個人的紅毯子。哎呀！這不是她和馬丁的家，這是她和勞倫斯的家！床頭鐘指着八點十分，她急忙推推馬丁說：「我親愛的，醒來，天亮了！」

馬丁嗖一聲跳下床，旋即手忙腳亂地穿上衣褲，穿上短大衣和襪子，拎着短靴往廚房奔去，瑪莉安用紅毯子裹住赤裸的身子跟去，馬丁已經打開了後門，人卻呆站在門邊。噝，一夜之間，竟下了三英尺深的雪！後院根本走不出去！他倆趕到客廳的落地窗前，看見馬路上的雪倒已經鏟平了，這下子只有冒險由大門溜了。

馬丁嘴上忙着跟她吻別，手和腳忙着穿靴子，然後打開門，窺見大路上沒有行人，刷一聲鑽出門去。她趕到窗前，目送她前夫高大的身影，在馬路拐彎處消失，於是鬆了口氣。忽地，她又瞪大雙眼，天！門前小徑上清清楚楚印了他一行大腳印，鄰居看見，豈不是不打自招？

這次輪到瑪莉安手忙腳亂了，她穿好衣褲，加件皮外套，拿着鏟子，開了門，到家門前通往馬路的小徑上鏟雪。鏟了幾下，忽地掘起一塊沉甸甸、硬邦邦的東西，奇形怪狀的，像支黑色的玩具大手槍。她好奇地把它提起來瞧瞧。喲，是一隻黑色的死貓，已經凍成硬塊！

瑪莉安提着死貓，在小徑上呆了片刻，要是把牠扔進門前的垃圾筒，六天以後垃圾車才來收垃圾，這一陣子，天氣冷暖不定，到時一定腐爛發臭，想起來都噁心。反正她等一下要去超級市場辦貨，可以把死貓扔進市場外的大垃圾箱裏。

瑪莉安在超級市場買了一個星期的食物，用推車把一包包食物送到自己車旁，放進車尾箱，然後她走進豪華詹森餐廳，脱下她的皮裘、皮帽，金髮蓬鬆有致地散在她肩上。她叫了杯咖啡，在香煙氤氳中想着勞倫斯，下午她將開車去飛機場接勞倫斯，衣冠楚楚的勞倫斯，跨國大公司的外銷經理，這次出差意大利半個月，他起碼釣到半打黑髮的意大利女人。

她望着窗外停車場裏自己淡金色的汽車，臉上流露出訝異：奇怪她汽車車頂上怎麼會有一個牛皮紙袋？哎呀，是那隻死貓！剛才打開車尾箱裝貨，順手把牠放在車頂，忘了扔垃圾箱了。正在此刻，她看見有個老太婆穿過停車場，她的白髮散亂有如乾草，整個人縮在一件超大的、舊得變了形的黑色大衣裏。瑪莉安一看就知道這種人一定住城裏的貧民區，領救濟金過活。老太婆走到瑪莉安那輛轎車旁站住了，偷偷向四面八方打量了一下，然後閃電般把牛皮紙袋奪到手中，疾步朝路邊的巴士站趕去，前面正開來一部大巴士。瑪莉安張口結舌地坐着，嘴角漸漸現出惡作劇的笑容。嗬！老太婆打開牛皮紙袋包的那一刻，她的表情一定妙不可言！

史密斯太太跨上巴士，還緊張得直喘氣。她一屁股坐下，把那個紙袋放在身邊。上帝保佑，生平第一次偷東西，居然這麼順利！也怪不得她啊！這紙袋放在賓士牌汽車上，一定是好東西喲！那可是第一名牌汽車！紙袋雖小，卻相當重。大概是電熨斗。家裏那個已經壞了四個月了！真想打開看看到底是什麼？但是她旁邊坐着個老頭，司機嘛就坐她前面，還是下了車再看吧！於是她退而求其次，用手來摸摸袋子。硬邦邦的，形狀不規則。哦！她知道了，是塊上好的冰凍牛排！自從老頭子去年癱了，他們就沒有吃過牛排！

今天巴士開得特別慢，因為下過雪，路面才鏟過雪，灑過粗鹽，但還是比平常滑。史密斯太太終於忍不住了，她打開紙袋，只見一雙黃眼珠邪門地盯住她，竟是一隻黑色的死貓，僵硬的死貓！她嚇得大叫一聲，巴士正轉着彎，司機給她的慘叫一嚇，手一鬆，車子滑出路面，翻下了山坡。

車子翻了個三百六十度，掉落在山坡上。那隻死貓在翻車之際，由撞開的車門飛出去，落在山坡上，給柔軟的雪托住了。巴士裏十多個乘客全受了傷。史密斯太太伏在車廂地上，右腿給玻璃劃傷了，正淌着血，右腳踝沒有力，可能脫臼了。她臉上卻綻開傻乎乎的笑容。這下子一切問題都解決了，巴士公司一定付她終身賠償費，她和老頭子的生活必然大大改善！

救護車走了，好奇的人群也散了。沒有人注意那隻惹禍的小黑貓，耀目的陽光下，雪融了，到處涓涓滴着水，小黑貓身底下的雪也融了，露出一塊黑石頭。石頭的黑，加上貓毛的黑，大量吸收陽光的溫暖，牠的四肢不再僵硬了。

兩個黃皮膚的小男孩踏雪走下山坡，他們擱下書包，在山坡上扔雪球玩。一個雪球落在黑石頭上，他們發現那團黑毛，便跑過去研究那是什麼玩意兒。

「是隻小貓，已經死了！」

「哥，不對，看牠的鼻頭還是濕的。」

「是啊，牠鼻子還冒氣呢！我們帶牠回家吧！」

「好！我們的貓上星期死了，帶牠回去，琳達一定高興死了！」

小黑貓醒來，周圍的空氣暖乎乎的。前面牆凹處有一大團火焰，正燒着兩塊大木頭。牠睡在一個咖啡色的舊墊子上，那上面繡了個有點像蛇的黃色長蟲，又有腳，又有角，不知是什麼東西，地上很多書，這下子牠可以大磨牠的爪子了。裏面傳來三個人的說話聲。其中兩個是小孩，牠依稀記得，就是他們救了牠一命。那天清早，牠又餓又凍，終於支持不住在雪中昏倒了，以後就不省貓事。自從牠兩個月大以來，就獨自覓食，獨自流浪。做家貓真是意想不到的幸運，可是這家人會收留牠嗎？

忽然，小黑貓全身的毛都豎起來。這裏有狗！牠嗅到狗的氣味！聽見狗腳掌嘭嘭嘭踏在地板上的聲音，回頭一看，一隻大狼狗邁進客廳向牠跑來，張着血盆大嘴！小黑貓嚇得心跳都快停頓了。牠根本虛弱得動都不能動，別説逃了，只好閉上眼睛等死。狼狗鋭利的牙齒一口咬下來，牠怕不會血肉模糊斷成兩截。小黑貓卻覺得背上有人撫愛牠，又濕又暖！張開眼，大狼狗正溫柔地舔着牠！身邊傳來小男孩的聲音：「媽，快來看，琳達好喜歡牠哦！」

殺人井

這一帶的青蛙最怕我哥哥了，只要讓他見到，就會上飯桌變成芹菜炒田雞。今早一下子他已經逮了七隻，都在我拎的竹簍裏亂蹦亂跳。忽然哥精光四射的眼睛瞪住我，向前方嘁嘁嘴。哇，樹下有隻特大號的蛙王。哥悄悄把筲箕伸到牠上空，哪知道牠全身都長了眼睛，突一下跳得老遠，然後劃出幾個半圓，向沙蟲塘跳去。

哥站在塘邊那口灌溉井旁，向井底張望。準是這個搗蛋的蛙王躲到井底去了。等我趕到井邊，哥已經跨下圓形的井口，沿鐵梯爬下去。他一手持着筲箕，仰頭笑着對我說：「牠死定了。」

井好深，有我五個人高，蛙王看來縮小很多，牠正伸着青色的四肢，在黃橙橙的水上划行。忽地，碰一聲，哥手上的筲箕掉進井水裏。他爬到一半，抬頭望着我，奇怪，哥的眼睛怎麼會那麼無神？接着他手一鬆，整個人摔下去。哥，你為什麼手腳亂動，不好好游泳？啊！連頭也沉了，救命！我大叫着奔回家。媽站在門口，一聽説哥快淹死了，就一陣風朝那口井跑去。可是媽力氣小，拖不動哥的，我衝進房，用力搖醒爸。

爸光着腳遠遠在我前面跑，姨媽、姨丈，還有路過的龍表哥、阿睦叔都跟在我後面，朝那口井狂奔。媽怎麼不在井邊？她一定下井救哥去。爸彎身向井底啞聲大喊：「阿珍！平仔！」他一邊喊一邊跨下井去。

怪啦，井底怎麼會嵌了個廟裏的太極圖？啊！當然不是太極圖：黑的是媽的綢衣，白的是哥的制服，他們抱作一團，浮在水上。爸，快拉他們起來！爸爬到哥方才的位置，忽然停住不動，他抬頭對姨丈伸手說：「阿信，拉我的手……」話沒說完，爸已瞇起眼，整個人摔下。姨丈火速地跨下井去。姨丈，快救他們，上個月你才在海上救了三個難民，你絕對成！怎麼啦？姨丈你軟綿綿像布娃娃直落下去？不行啊！你把爸媽都壓到黃澄澄的水底下去了！救命啊！周圍的人好吵，一大堆人擁在我四周。有人用刮玻璃的尖嗓子叫阿信，是姨媽，有好多聲音高聲嚷，不能下去！是龍表哥他們死命揪住姨媽。有人大叫：去拿繩子！有毒氣！

姨丈的身子不再蠕動，蝦般地曲着，浮在水面。他的身子圈住一片藍布，那是爸的睡衣。睡衣動了！啊，不是爸動，是那隻蛙王跳上爸的肚子。管他是什麼，爸，你站起來吧！水不深的，只到你肩頭呀……

作者附識：一九八一年八月七日，香港新界沙蟲塘畔的一口灌溉井中，因有沼氣，釀成四人喪生的慘劇。「殺人井」部分取材自此新聞。

他眼中的火

一輛寶綠色的賓士牌 Benz 500 轎車駛入熙攘的漆咸道，正是下班時分，滿街人潮。車中安坐着趙世雄——香港國際商場的新秀。他臉上一抹淺笑，靠在翡翠色的絲絨後座上，活像坐在一座飛行的別墅中：清香的冷氣，無聲的、密封的滑行。趙世雄，四十出頭，人也出頭了，打拚九年，步步高升，九年前他是一間小公司的營業經理，今天他已成為香港玩具業的鉅子。他一直保持他修長的身材，打扮十二分光鮮：淡藍西裝、天藍領帶、海藍皮鞋、手上戴着大藍寶鑲碎鑽戒指，夾着香煙，一副闊少公子的悠閒氣派。這正是他天賦的本錢：心中再緊張，情勢再不利，他臉上總能現出這副悠閒的淺笑。就像此刻，趙世雄心中可不悠閒，像電腦遊戲的螢幕，正扎扎地調兵遣將。

他正想着手中的一隻棋：何宏略何公子。這個人沒白養他，自從去年何家地產公司倒了，何公子窮得像孫子，他趙世雄就供養他，名義上何公子是公關經理，實際上他根本不必上班，每個月乾支兩萬港幣。八個月下來送了他十六萬，今晚錢就要回籠了，何公子安排今晚這頓飯，明天就可以簽到二千五百萬的生意，真是貨超所值。馬來亞土華僑開門見山要求見那個叫楊什麼儀的電視紅星，還說這楊什麼儀最「潔身自好」，能吃一頓飯就心滿意足了。當年何公子最喜歡滾電視演員，楊什麼儀還沒紅的時候，就是何公子的密友之一，所以何公子不但能請她出來，還能帶土華僑直入電視台看她拍戲，這下子土華僑回馬來亞以後，可以陶醉三個月，炫耀三年。現在何公子應該招待土華僑和楊什麼儀，坐着自己的柔絲蘿夜 Rolls Royce 大轎車，駛來麗晶酒店，晚飯後總經理還要向自己報告合同的細節……

車子怎麼停下來了？趙世雄抬頭一看，前面塞車，路口撞了車，兩個司機正指手劃腳地吵架，麗晶酒店高聳在前方，他看了看錶，還有二十五分鐘才要跟他們碰頭，不急。忽然，車窗外一個女人吸引了他的視線，她站在小公園裏面，只隔着路邊一道矮欄杆，距離車中的他不到三公尺。她不是那種能刺激他慾望的女人，身材不夠豐腴，胳膊太瘦，嘴唇太薄，臉色太蒼白，連衣服也不會穿，淺黃色的襯衫竟配了條紅裙，俗里俗氣的。但是這個女人卻有股説不出的吸引力，身上有種很強烈的東西，像發條上得很緊的音樂盒。音符等着蹦出來。她的眼睛，聚着太多的渴念和焦慮，老是向公園的一個方向掃去，她一定在等人，而且急得要死，想見這個人。趙世雄腦中閃過自己有過的那幾個女人，沒有一個等他的時候，臉上出現過這種神色，她們奉承的笑容，非常富麗，像瓶花。妻更不必說了，她貪戀的是新貴的地位，一切以他為中心，連在床上都小心翼翼地窺視他的心意；她是一朵精緻的人造花，不像這個路邊的女人，是野地的蒲公英，不顧一切地任風吹散自己。對了，這大概就是「不顧一切」吧，他從不曾經歷過的。是誰會令她不顧一切呢？他也好奇起來，等他出現。

突然，她的渴念和焦慮頓時消散得無影無蹤，音符由盒裏湧了出來，她笑着迎上前去。那個男人由樹蔭中，疾步走過來，他中等身材，充滿活力，他急忙伸出手，護衛地環住她的腰，他的臉泛紅，喜不自勝地望着她，眼中燃着火，那種焰心橙色的火。趙世雄一呆，他以前見過這麼一雙眼睛！是什麼時候呢？好像也在公園裏，他個子不夠高，只能在矮樹叢中，穿過葉隙張望，他父親也這般疾步由樹蔭中走出來，眼中燃着橙色的火，急忙向那個女人伸出手……

趙世雄痛得叫出聲來，是香煙燒到他的手指。他使勁地把煙扔在地氈上踏熄，沒有注意到司機非常訝異地回頭望了望他。他急忙再抬頭看那對男女，生怕他們走了。這下子，他大吃一驚，那個男的竟是李沛南，他自己公司公關部的職員，在公司已經做了兩年，自己方才竟沒有認出是他！他印象中的李沛南，拘謹小心，盡忠職守，但沒有什麼衝勁。這個人明明是他，卻是另外一個他，年輕得多，靈活得多，他正笑着低頭跟女人說話，眼中的火燒向她的臉，燒向她的身子，燒得她容光煥發，燒得她整個人向日葵似的，曲身向他。然後，他們挽着手，向公園深處走去。趙世雄望着他們背影，他內心深處，有一個小機器人，踏着金屬硬步，爬上險坡，踏得他又癢又痛。他想，李沛南這個人，難擔重任，心思都放在這種不切實際的婚外情上。前一陣子，覺得他很盡責任，打算升他做公關部協理，現在大可不必了。車子又滑動了，路通了，土華僑現在大概已坐在麗晶酒店的酒廊，張着油膩的眼睛，舔着楊什麼儀的矜持。明天簽了合同，公司的營業額可達一億八千萬元，現在才五月，今年玩具業他只剩下兩個對手了。

登徒子

瑛瑛坐在雙層巴士的上層，支着胳膊望窗外，暮色中，霧像海浪一般淹沒了新界的山脈。才過七點半，天已經差不多全黑了。

都怪這個「殺蚊燈」！祖母一聽見他們買了這個寶貝，電話裏直叮嚀，她要趕明天早上的花市市集，所以今晚要在花圃工作，「殺蚊燈」剛好派上用場，替她趕蚊子，十萬火急，非要即刻送到元朗來不可！偏生家裏個個瞎忙，打麻將的打麻將，溫功課的溫功課，只好輪到她送貨了。

忽然她本能感到，有人用動物性的眼光打量她，抬起頭，只見旁邊那排位子，坐着個青年，面孔曬得又黑又亮。他的目光順着她胸部，一路溜到她的小腿。一定是個臭飛，他胸前襯衫連開三個扣子，故意炫耀他一大截結實的胸膛！瑛瑛直跟自己生氣，要不是爸爸催她出門，她早已經換了牛仔褲。今天上班穿了這件飄飄然的白色衫裙，薄得半透明！現在平白給臭飛「養眼」，真是自作自受！

他的目光由她的繡花涼鞋，刷一下掃到她臉上，逮住她的目光，似笑非笑地牽着嘴角說：「小姐，這麼晚一個人去哪裏？」

她避開他的注目，眼角一掠車廂，發現全層只剩下他們兩個人，即刻當機立斷，起身走下樓梯。下層倒有七八個乘客，她吃了顆定心丸。

瑛瑛下車的時候，胳膊給後面的人擦了一下，回頭一看！糟！臭飛也下車了。她快步走下山坡，心跳有如擂鼓，前面有五分鐘的黑路，如果他是一條狼怎麼辦？

他的腳步聲緊跟着她，還聽見他油腔滑調地說：「我送妳回家吧！」

她頭也不回地往前衝。

忽然拍一聲，腳下出現昏黃的光圈，原來是臭飛帶了電筒。瑛瑛這次沒帶電筒，出門的時候爸爸說：「不必帶啦！那條路妳那麼熟。真需要光線，扭開『殺蚊燈』，有五個電筒那麼亮。」

光圈開始向上移，臭飛竟用手電筒來玩她的背影！他下一步會作什麼？路兩邊長草齊肩，前面是一片墳地。昨天報紙上剛登過說：某某屋村的後山草叢中，發現少女的屍體，慘遭勒斃，先姦後殺！她加快步子，臭飛亦步亦趨緊跟上來。

墳地到了，要是他把她拖到墳地草堆裏，她怎麼辦？就是叫破嗓子也沒有人聽得見。她嫌手裏提的「殺蚊燈」礙事，恨不得扔了它！忽地，瑛瑛聯想到「殺蚊燈」陰森森的藍光。臭飛也是人，人總不跟鬼鬥吧！

瑛瑛忽然轉了九十度朝路邊走去，在一堆墳前煞住腳，壓尖嗓子哈哈笑幾聲。他果然站着沒動，他的電筒照着她漆黑的長髮，白色的背影，立在一堆亂墳中。然後她飛快地朝一座大墳跑去，跪在墳前，用雙手摟住墓碑，一等他的電筒找到她，照在她身上，她就大聲喊說：「我終於到家了！」

他牛一般地喘起氣來。瑛瑛想，大概還沒有嚇住他。她把「殺蚊燈」扭亮，放在下巴下面，驀地一回頭，藍光映着她青白的臉，陰影縱橫，怪臉之下，白衣波動着，鬼氣十足！只聽見他慘叫一聲，電筒叮一聲落在地上，然後咚一聲，他硬邦邦地栽在地下。瑛瑛拔腿就往村子跑。

十五分鐘以後，瑛瑛跟祖母，帶了七八個鄰居，掄起棍子，舉着菜刀，來墳地捕狼。找了半天，地上卻沒有他的蹤影。正打算離去，通往鄰村的路上出現了十幾支電筒，人聲喧嘩：

「表哥，那白衣女鬼什麼樣子？」

「青面獠牙，恐怖極了！」

「你一定吃了她豆腐，否則她為什麼纏你？」

「亂講，我碰也沒碰她，還好心給她照路，真是好心沒好報！」

作者附識：在香港看台灣空運來的報紙，第一先看副刊，然後就翻到社會新聞，因為常會讀到妙不可言、充滿了人情味的小故事。這些小故事不但令我感到人間的溫馨，而且常觸發我的靈感。這篇〈登徒子〉就是由社會新聞的一則報道發展而成的。

陰影

"Out, out, brief candle! Life's but a walking shadow."

——"Macbeth"[1]

送葬行列緩緩通過豐原小鎮的街道。路旁站着些好奇的民眾，不是來送葬，而是因為行列中有幾個高高的外國人。夏日正午的陽光蒸發着淤積在路面的雨水，升起了一層朦朧的蒸氣，包圍着送葬行列的人們，包圍着明小小的木棺。樂隊，那喧鬧嘈雜的音樂，幾乎把梅給惹怒了。

梅抬頭望望走在她旁邊的同學，莫松。他臉上掛着成串的汗珠，一張毫無表情的臉，似乎他的悲哀也像雨水般被陽光蒸發了。梅轉過臉，走在她另一旁的是C教授。這位滿臉紋路的外國老人莊嚴地垂下他的頭和嘴。她記起了老人昨天的表情，當他聽到學生死訊時候的表情。梅想：這位老人已慣於世路，看得夠多，也經驗得夠多了。因此當他覺得必要時，就能酌量表示出恰到好處的悲哀。而後，梅的眼光不由自主地投向前去——明那小小橘紅色的棺材游移在水蒸氣和晃動的人頭間。忽然，明的母親絕望的哭聲重新穿入她耳中。她的雙眼濕潤了，她回想到那心碎的母親在家門前用樹枝鞭笞着木棺[2]，然後倒下，像根折斷的蘆葦。

明是母親鍾愛的兒子。明在學校也是個溫馴的學生。一雙迷惑的眼睛在眼鏡後面閃着。他不太用功，因為他愛做夢，也滿足於自己的思考和夢想。將來他能面對社會上殘酷的現實嗎？也許他能。但是，會有多少痛苦和掙扎在路上守候着他！梅想，早夭是他的運氣，假如他被孤零零地拋入一個大都市，他會枯萎，甚至餓死！這是殘酷而真實的批評。

他們陸續穿過幾條街道和小巷，投下一列游移的陰影。大家上衣的背部都給汗水濕透了，梅看着他們，感到汗水爬下了她的雙頰，像是淚珠。她記起在明家門外的喪祭——短篷下，白紙花上，一張似乎微笑着的放大照片。所有的女同學都哭了，她卻沒有。那時候，她被喧鬧的樂隊惹得滿心不舒服。她知道那些女孩子是真心為明而落淚；雖然是因為喪祭中瀰漫的哀悼氣氛籠罩着她們，雖然她們第二天就會忘掉他。那是當然的，她們根本不曾認識明。她和明曾一度是朋友。梅倔強地想，她要用自己的方式來哀悼她的朋友，而非在喪祭上淌淌眼淚。忽然幾行Frost 的詩句閃入她腦中，那是明以前深愛的一段：

……

The woods are lovely, dark and deep.
But I have promises to keep,
And miles to go before I sleep,
And miles to go before I sleep.[3]

林中迷人而幽暗。
但我必須遵守諾言，
還得走好幾哩路才能安眠，
還得走好幾哩路才能安眠。

她抬起頭，公墓在望。一股土黃色的泉水直奔下坡而去，環繞着這片起伏而擁擠的高地。墳地之後，是一片荒山。擁擠，真是擁擠，成千成萬的墳不是排列着，而是擁擠地重疊着。

這些長睡的人，梅懷疑他們大概連轉側的空間都沒有。她站在一個土塚上。雨水侵蝕的泥土露出一個小洞，她看到了裏面發黑的棺木。就在隔壁，在這片小小的一角泥地裏，明將腐爛，而後化為塵土。

挑夫們開始掘土，覆蓋着明的棺材。明的妹妹和堂妹們的哭聲忽然拔了個尖，窮嚎起來，像是葬禮高潮的伴奏。一個道士繞墓作超度儀式，露出一副漠不關心的神色，似乎他對道士這一角色不太有興趣。梅注意到那幾位外國老師眼中的好奇。他們之中有兩個垂着頭，似乎在為明默禱着。梅不知道她該作什麼。她沒有上帝，明也沒有。散立在周圍墳頭的人們，開始一個個走到墳前，向那小小的土堆行個禮。明的弟弟站在墳旁答禮。他長得很像明，大家都不由自主地把目光投向他。於是，葬禮完畢。

陽光下，梅孤獨地站在墳旁。大家都走了，散了。她瞇着眼，注視一片飄過的白雲，它在墳地上投下了一片疾馳的陰影，然後，慢慢消散在風裏。

1 莎士比亞《馬克白》第五幕第五景。「熄了，熄了，短燭光！生命不過是片游移的鬼影。」

2 台灣的民俗，早夭的男孩出殯時，媽媽要鞭打他的棺木，意思是責備他還未成家立業，就扔下了父母。

3 羅拔·佛洛斯特〈雪日黃昏林外小憩〉（"Stopping by Woods on a Snowy Evening"）

星光夜視望遠鏡

這座碉堡藏身在海灘的巨岩之中，碉堡三樓頂上的平台搭了一個木棚，棚裏立着兩座大望遠鏡，各架在一個三角架上。一座是日間用的五十倍望遠鏡，一座是晚上用的星光夜視望遠鏡。這時埋頭看五十倍望遠鏡的阿雄，抬起頭大聲嚷說：「有人打 kiss 呀！」

正在一樓吃飯的十來個阿兵哥，一聽這話，扔下碗筷，爭先恐後地登上碉堡窄窄的木梯。

這座望遠鏡不但擔任海防警戒工作，也提供這群單身漢最佳娛樂。

他們的碉堡面對荒涼的大海和岩岸，有什麼娛樂可言呢？原來離開碉堡半公里處，懸崖底下有座小亭，懸崖背面是公園，小亭立在公園的死角上，因此到亭中來遊玩的情侶，都以為自己與世隔絕，所以常演出只有兩人獨處才有的熱烈鏡頭。加上這兩架望遠鏡性能好，不但動作看得見，連臉上表情都觀察得到，簡直像在電視機上看那種錄影帶。可憐的阿兵哥，常常兩個禮拜見不到一個女人，一聽到有人打 kiss，他們能不爭先恐後嗎？

十來個阿兵哥全圍在阿雄後面，可是阿雄硬不肯讓位。

「阿雄！會長針眼的！」

「既然霸住不放，就快點報告『發現情況』！」

阿雄報告說：「現在正在打 kiss，只有給抱住，沒有摸摸索索啦，唉喲喂呀，現在女的把他給推開了。再進攻呀，又給女的推開了。怎麼乖乖坐在一邊，現在他牽女的手，怎麼？手還給女的甩開，真是烏龜！」

「那麼敗勢，是不是中學生？」

「中學生？男的有三十多啦，女的只看見背影，身材真苗條，怪，兩個人分開坐着不動，男的大概在聽訓，腦震盪的豬！不看了。」

另一個阿兵哥接過望遠鏡，只見男的著灰色西褲、淺藍襯衫，長得五官端正。女的長髮披肩，黑色長裙，米色上衣，細細的腰身，兩個人正對坐説話。又換了兩個阿兵哥看，那對男女的姿勢一成不變。阿兵哥覺得沒趣，就一哄而散。只留下阿雄，用望遠鏡掃過黃昏的海灘，繼續他的海防監控任務。

他牽着她的手到亭中，帶她坐下，然後坐在她旁邊。他回頭望來路，岩石間那條小路，不見人影。亭子的右邊是滔滔的大海，左邊是荒涼的岩岸。天地之間，只剩下他們兩個人，好不容易等到這一刻。他熱切地望着低頭的她。五年了，她的容貌沒有什麼變化。唯一的變化是添了副墨鏡。她的嘴唇沒有塗口紅，但因為一路走來運動過，泛上了鮮潤的桃紅，她輪廓分明的唇，他吻過多少次柔柔豔豔的唇，為他溫煦的探索而開啟的蓓蕾，他衝動起來，一下子抱住她、吻她。她沒防到這突如其來的動作，先是驚惶失措，然後全身輕輕抖索起來，雙唇在他輕柔的壓力下微微開啟。他用力抱她入懷中，臉湊上臉，碰的一聲，她的墨鏡掉在亭子的水泥地上，露出她一雙釘死的、發灰的眼珠。

她用力把他推開，他望着那雙眼珠，又吃驚，又心疼，那雙以前見到他就充滿歡愉的眸子，現在像兩粒塑膠珠珠，黏在瓷娃娃的眼眶裏。因為自從她青光眼惡化，就拒絕見他，所以他從未見過她瞎眼的模樣。看見她的嘴扭曲地彎着，知道她心中痛苦，他趕忙由地上拾起墨鏡，小心替她戴上。然後又趨前伸手抱着她。這次不是激情，而是溫柔地用手環住她。她又把他推開了，說：「不要這樣，五年前我已經說過，我們不要這樣，因為我不要拖累你，現在你已經結了婚，我們更不可以。」

「小虹，」他叫她的小名，身子挪開來，卻緊握她的手說：「牽妳的手總沒有關係吧！牽妳的手，不會影響我什麼。」

她低聲答：「也許不會影響你什麼，我不知道你跟她的感情怎麼樣……」她住了口，雙唇抖動了幾下，「我也不要知道。可是你握住我的手，我會……會受不了，你還是好好的坐開，好不好？」

她說完，迅速地把手由他掌中抽出來，接着說：「你忘記為什麼我答應你出來了？瞎了以後，我常常想像這裏的落日會是什麼樣子。」

他轉頭望海，是的，這是令人目馳神迷的落日，五年前，他們計劃蜜月的第一站就是這裏的落日。他要怎麼形容給小虹聽呢？「落日是鮮豔的暗紅。就是妳喜歡吃的黑珍珠蓮霧那種紅。天上佈滿薄薄的雲片，魚鱗形的。紫色，紫得像……像我給妳買的那條裙子。天透藍。這些色彩，妳一定畫得下來……」他忽然住了口。

「沒有關係，有你替我描述就好。波浪呢？我聽得見濤聲，海是什麼顏色？」一滴淚珠淌下她的臉。

「海是……」

天黑了，阿雄打開星光夜視望遠鏡，掃過沙灘，他想起亭中那對男女，就把焦距對準小亭。因為這種望遠鏡聚光，畫面不是黑色，而是螢火蟲的青綠色。那兩個人仍坐在同一位置上不動，周圍是怪形怪狀的珊瑚礁岩，他們像是外太空星球上的兩座雕像。男的臉仍然面對阿雄，小心翼翼地說着話。阿雄忍不住罵一句：「菜鳥！」

「你幸福嗎？」

「是個家就是了，上完班、應酬完，回去休息的地方。」

「她……她是什麼樣的人？」她終於問這個她一直想問的問題。

「高職畢業，個子矮小，可是她的……她的五官很像妳。」他心想其實是她眼睛像，其實是她的眼睛像。「不是這樣，就是父親再逼我結婚，我也做不到。」

他又握住她的手，這次她沒有甩開他……。

註：台語「敗勢」即「害羞」之意。「腦震盪的豬」是軍中用語，「笨死了」之意；豬已經夠笨了，還患腦震盪。「菜鳥」亦軍中用語，指新兵。

3 時光說的故事

美麗的錯誤

一九七〇春，美國某大學城

下午四點，何潤豐步出實驗室，走下綠油油的山坡。奇怪，今天校園安靜得出奇，山坡上竟連一個學生也不見。平常草地總有幾十個人，躺着曬春天的太陽，大半是情侶，一對對像筷子密縫在一起。他一腔思念起葛麗絲李來。葛麗絲很可愛，充滿了生命力的那種，跟他從前結識的中國女孩完全不同。她如果不是美國土生的華僑，大概不可能第一次約會就吻到她。昨天他們坐在槐樹下，明明在樹蔭底下，總覺得她臉上身上，還蕩漾着湖上的陽光。

她說：「你這麼瘦，沒想到好生猛！」

他一楞說：「我什麼生猛？」

她狡黠地側着頭，美國風地眨眨眼說：「我講你剛才划船好生猛啊！」

沒想到她粵語用得那麼俏皮，他對她沒脾氣地搖搖頭。葛麗絲笑了，笑聲像吉他急挑的弦。豐滿的唇，紅得那麼自然，紅得那麼放肆，他想都來不及想，自己的唇已經印了上去。她的唇很熱……

忽然眼前壯觀的景象打斷了何潤豐的回憶。山坡底下那條筆直的大街上，密密麻麻地站滿了人，人龍蔓延了兩里路，怕不有兩三千人！又是罷課！這次不知道抗議什麼？

他走到山腳下，見到一條僻靜的橫街上停了十多輛巴士，車上載滿了警察，他們正戴上防毒面具。前面兩部車已經有警察下車了。不得了！他們腰上掛了手槍！以前他們帶的只是警棍。今天說不好會血濺大學城！潤豐加快腳步，其實也不必急，警察還沒配備好，正式衝突至少十五分鐘以後才會發生。

潤豐疾步走下行人道，只見街上的學生連動也不動，石膏像似的，他們臉上一副頑固的神情。忽然他看見葛麗絲李站在人群中，她披着及腰的黑髮，一條牛仔褲，寬大的黯黃色襯衫，昂着她紅潤的臉。潤豐想，他應該通知她這次冒了大風險。他走下街心。

葛麗絲一瞧見他，就打從心底笑了，她想，這個香港學生真有意思。外表斯斯文文的，正是她想像中古代中國書生的模樣，可是他吻起來卻真猛！比美國男孩有過之無不及。她說：「嗨！豐！」

他嚴肅地在她面前一站：「葛麗絲，今天你不要參加了。」

她斂去笑容，臉上現出難以置信的表情：「不參加，你知道我們今天抗議什麼？」

他瞪着眼答不出來，葛麗絲說：「上帝！為了爭取你們助教加薪啊！你竟不知道?!」她不滿地說。

她的語氣令他很不舒服，可是他控制住自己，低聲說：「不管為了什麼，你必須離開，我看見警察帶了槍。」

她完全沒有吃驚的表情，臉繃得更緊，頑強地說：「我們聽說了，帶槍就帶槍，嚇不倒我們！」

他難以置信地瞪住她，提高了嗓子：

「你真荒唐，要用肉身跟子彈搏？」

葛麗絲胸部一起一伏，氣得答不出話來。她旁邊那個美國男孩，一直注視着他們。雖然他聽不懂粵語，卻嗅出了火藥味，他關切地問：「Grace, anything wrong?」

她頭也沒回擲他一句：「It's all right!」她的眸子一直攫住潤豐，對他射出憤怒的火花：「豐，你真沒心肝！這幾千人為了你們助教，打抱不平，不顧一切，你非但不參加，還勸我走？」

血衝上他白皙的臉，他狠狠地說：「我就要你走！不許你送死！」突然他伸出手，一把揪住她的手臂，把她由街心硬拖到行人道上。她完全沒料到這一着，傻傻地被他拖了去。等他們在行人道上站定，潤豐才發現自己的粗暴，忙鬆開手，一臉尷尬。葛麗絲迷惑地望住他半晌，然後輕聲問他：「為什麼……那樣拖我？」

他皺着眉低着眼，顯然也給這個問題困惑了。然後他的眉心舒展開來，堅定地抬頭望她，聲音中有他自己不認識的溫柔：「我管不住自己，以前從來沒有過。」

他們入定似地，吸吮彼此眼中的蜜意柔情，全然遺忘了幾呎以外，有幾千個年輕人，全身竄着火焰。也全然不顧了幾分鐘以後，會有一場一觸即發的大衝突。幾百個警察，將用催淚彈和手槍，去撲滅那幾千株火苗。他們兩人飄盪在另一個時空裏。

葛麗絲拉起潤豐的手說：「走！」

他們向湖邊奔去。湖水舔着岩岸，三棵松樹傘張着，幾塊黑色的奇石環成一圈。

他們在奇石圈中，躺在草地上擁吻。兩個人都流了淚，不是喜極而泣，而是有幾絲催淚彈的氣體逸到了湖邊。

一九七〇夏，美國某大學城

何潤豐和葛麗絲李在湖邊三棵松樹下舉行婚禮。潤豐的祖母、父、母、五個姐妹、姑母、姑丈，一行十人由香港飛來美國，參加何家這位獨生子的婚禮。

一九七一秋，香港

何潤豐獲得化學博士學位，葛麗絲李獲得英文碩士學位，雙雙飛回香港。潤豐出任何氏家族企業隆昌實業有限公司的總經理。

一九七二夏，香港

葛麗絲李到理工學院教英文，因為她積極參加保釣運動，引起何家不滿。

一九七三

兩人離婚。

四合院

魏心堂夫婦並排坐在公路局車上，向墾丁公園南馳而去。靠走道坐的魏尤青青已經五十三了，因為刻意保養，看來才四十出頭。顯然她對自己的外貌十分自信。一般中年婦人，因為自己的水桶身材，多著寬鬆的洋裝，而尤青青卻穿薄薄的貼身旗袍，耀眼的竹青色裹住她腰是腰身是身的豐盈體態。蛋形的五官分明，看得出當年是個美人，但歲月除了鑿出眼角的扇形折皺，還在她眉心和嘴角刻下兩條垂直的紋路，瘦金體一般削利。

她想，已經呆坐了一個半鐘頭了，早知道那麼無趣，就不嚷着出門了。前天晚上，她直挺挺躺在床上，冷冷地說：「你看，我們結婚三十多年，你從來沒帶我出去旅行。你嗎？兩三個月就出一次差，又去台中，又去台北，到處跑。現在孩子也出國了，你不想想我有多悶！」

她望着天花板上的水漬，幻想一輛黑轎車，在平穩的濱海公路疾馳，丈夫的上司和「夫人」，坐在舒服的後座。魏心堂已經五十七了，民政局一個科長，算是做到頂了。她一輩子不必夢想他會成為有轎車代步的首長。

「那你想去哪裏呢？」他陪小心地低聲問。

「夫人」在電話中對她說，在大飯店客房的陽台上，望得見波光閃閃的海。

她斬釘截鐵地說：「去墾丁！」然後叭一聲把床頭燈擰熄，轉身背對他，曲捲身體，好像這樣她會離他更遠些。

「那我明天去請假，後天就去。」他的聲音有氣無力地爬越綿延在他們之間的黑暗。

車上的冷氣很足，她裸露的膀子冷颯颯的。魏心堂望着窗外，沒有注意到她雙手抱住臂膀。她沒好氣地說：「替我拿外套呀！」

魏心堂急忙站起來，他身材一八〇公分，長手長腳的，因為心慌，位子擠，一絆給彈回位子上。等他站定在走道上取旅行包，又把包卡在架子上。她心中恨恨地說：從沒見過那麼笨手笨腳的人，他的手跟腳不對勁，身體又和腦子鬧彆扭。

他把外套披在她身上，骨瘦嶙峋的手指碰到她膀子，像猴爪子，令她肌肉一緊。連這麼輕微的觸及，她也受不了。

當魏氏夫婦踏上墾丁青年活動中心的廣場時，已經黃昏了，整個中心沒什麼人，因為不是周末。暮色籠罩這裏的石板街和紅瓦粉牆。他們訝異地四望，平時兩個人對一件事的看法往往南轅北轍，此刻卻中了蠱似的，心中想法幾乎一模一樣：這裏的四合院太密集了，沒有縱橫的小巷，這裏的樹太矮小了，沒有出牆的枝椏。這個廣場太空曠了，應該有棵大黃果樹，樹下坐幾個閒話的老人。地上不能這麼乾淨，應該有狗屎，母雞帶着小雞咯咯踱過。這個模擬的小城，樣樣都不對，卻令他們滿腔懷念遠在大陸心臟的家鄉。其實他們不知道，在他們的潛意識裏的家鄉，常以此地的面目竄入他們的夢境之中：灰濛濛的暮色裏，四合院一幢幢密集地湧現，沒有人影，沒有生靈，只有自己的足音，踏過狹窄的街道……

在餐廳用完飯，他們對坐在「穎川堂」西廂的小廳之中，方木桌，長條櫈。尤青青一反常態，出奇地安靜。魏心堂呷一口熱茶，因為暖和，瘦長的臉泛出一絲紅潤。他說：「十一歲那年，鬼子炸樂山，我躲在廳裏木桌下，老師教過，沒處躲，就躲桌子底下。幸虧我們四合院沒炸到，三叔那邊可慘了，只剩下三嬸一個人。」

「那天，」她說：「媽帶我到鄉下探外婆，運氣好。」

說到童年往事，她表情柔和很多，他也自如起來：「那年妳才九歲是吧！小時候，妳一定是個可愛的娃娃。」

青青瞟着他一笑，臉上竟出現多年不見的嫵媚。他怔怔地盯住她，忽然他說：「走，到天井去看月亮。」

他推開門，木門呀一聲，回音在天井之中徘徊不散。她覺得恍恍惚惚，像是隨着音波蕩回三十多年前一個冷冷清清的四合院，她說：「你家那扇門，也是這麼呀一聲，好響！」

他仔細望着她臉上神馳的表情，頓然悟出她說的是那一扇門。他故鄉府第重重的四合院中，有一進沒人住，自從三叔一房死盡，一直空着。就在那裏，她受了一點驚嚇。他說：「那次妳受驚了吧！」

回想到那件事，她忍不住噗嗤一笑：「沒有受驚嚇，倒是非常尷尬。」

他腦中出現她的狼狽模樣，一身濕淋淋，薄薄的白背心，裹在身上。兩個人開心地相視而笑，走到天井中央，月亮還沒有升上來，天頂幾顆疏星。「穎川堂」只住了他們一家，所以另外三面廂房都漆黑一團。他們坐在自己的門檻上，兩個人並排的影子投入空蕩的天井，他們不約而同地想，天井中央應該有件擺設；一個大型褐色的瓷魚缸。

他問：「這些年來，我一直納悶，妳到我們家作客，為什麼會跑到那個沒人住的四合院去？」

「唉，都怪那些死眉瞪眼的人。那天我媽帶我探的親戚，是你們家的總管，我堂舅。在他房裏進出的，全是男傭人、長工、司機。他們瞪得我渾身不自在，所以就溜了出去。」

魏心堂嘴角泛起微笑，他想像得出來，尤青青那年十六歲，可是已經長成玲瓏的身段。皮膚鮮奶般白嫩，五官很像當時紅透半天的陳雲裳，難怪男人會個個一副饞相了。

她接着說：「我逛到那個四合院，天井中央的大水缸裏有幾百隻蝌蚪，我就倚着缸看蝌蚪。沒想到撲通一聲，一塊大石頭由後面飛來，砸到水缸，我忙回頭，只見一個穿卡其布學生裝的小孩由大門往外跑……」

「是我三弟。」

「回頭的時候，重心不穩，一跤摔在地上，滿身是水缸破裂時濺出來的水、濺出來的蝌蚪。剛好那天沒穿襯衫裙子，而是月白綢旗袍，濕了水，貼在身上，好像沒穿衣服似的，叫我怎麼走出去呢？所以才試試廂房的門，只有一扇沒鎖，打開進去，我趕忙脫下旗袍，正在擰乾，沒想到門呀一聲，好響……」

他俏皮地插嘴說：「我是來找書的，打開房門，黑暗中卻變出一個絕色美女，身上只穿一件白色肚兜，原來是個狐仙，來迷惑本小生。」

她嬌嗔地橫他一眼：「不正經！早知這樣就不嫁你了。那個時候你非常君子，只有開門的一刻吃驚地瞪住我，後來一直都別過頭去，向我問話也目不斜視。而且好心好意幫我忙，神不知鬼不覺到你妹妹房間找一套衣服給我。當時我就猜出你一定是魏家的大少爺。」

記得他穿着紡綢對襟短衫長褲，深藍色的，飄飄然，很瀟灑。她望着身旁的他，那份瀟灑早就消失了，身上穿着她替他買的淺藍襯衫，但是襯着背後古色古香的紅色木門，清癯的臉上流露久睽的溫文。

突然他面色凝重地說：「過了三天我家就着媒婆去提親，青青，妳答應嫁我，是因為我的家世嗎？」這是三十年來一直梗在他心頭的疑問。

她的臉在陰影之中，削利的線條隱退了，對他解意地一笑。他目光閃閃地俯視她，很誠摯，又有點苦澀。她說：「我媽是那麼想，你家是城裏數一數二的大戶，加上八路快打來了，她恨不得我當天就嫁過去。我嗎？自從十二歲起，就給那種狼一樣的眼光瞪怕了。只有你那麼溫文，那麼穩得起。你提親後，每想到你，我心裏就安頓下來。」

＊　＊　＊

這晚，他們倆做了一件七八年沒有做過的事。他們的臥室是個通鋪，木鋪高起有如家鄉的大木床。就在海風吹襲的木格子窗下，就在薄薄的床墊上，他們相愛了。

終站香港

一陣劇咳把他震醒了，咳到他氣都喘不過來，他覺得五臟六腑都翻騰上來，全塞在喉頭，急忙坐起身，用床單捂住嘴，及時接住一團一團深紅的血。

怎麼會吐那麼多血？他一邊喘氣，一邊思索，住院這一個星期，都只不過痰裏帶些血絲。他伸出顫抖的手，取來床頭櫃上的保溫杯，用顫抖的手扭開杯蓋，裏面一滴水也沒有。忽地他用雙手捧住杯子，見了鬼魅似的盯住杯子裏面。他的臉倒映在鍍了水銀的杯底。他不認得這張臉：不但腫得不成比例，而且面色已轉成紫色，握住杯子的手卻那麼消瘦，幾條青色的脈盤在包着骨頭的皮上。他怎麼一個星期下來變成這副德行？醫生說他患了急性支氣管炎。患氣管炎絕不會變成這種七分像鬼的模樣！他腦海中忽然出現這幾天妻的某種表情：好幾次，正說着話，她的目光突然避開他的臉，努力抹去眼中的驚恐。

保溫杯噹一聲摔在地上。

一定是肺癌！他戰慄地瞪住床單上那一大攤血。它們一定把大靜脈給擠破了，此刻正張牙舞爪地順着血液入侵其他的器官。太遲了，他頹然倒在枕頭上。

他咳了兩年，一直以為是氣管炎，早知道對抗的是癌細胞，兩年前就辭去那份收入微薄的教職，好好寫他的長篇小說，有關一群大陸文化人流亡到香港的故事。現在連這點心願也不能完成了。

前面就是生命的終站。活了六十五年，其中三十年在香港度過，幾乎是一半光陰啊，這個物質的天堂，文化的鬼域。他對這個地方不留戀。他敢孤獨地活，卻有點害怕在孤獨中死去。病房裏另外七張床都躺着人，但在青蒼的日光燈下一個個都入睡了，看不出是不是在呼吸，活像一具具死屍。妻去了哪裏？妻不了解他的文章，不了解他的思想，可是夫妻生活二十年，他們之間盤着幾千縷細韌的線。驀地一陣劇痛貫穿他的胸部……

胸部的劇痛持續着，可是他撐着，把劇痛當習慣來接納，不容易，但是他在等。他感到手背上一片溫暖，睜開眼，是妻的手。他想告訴她：「我等你回來才走。」可是嘴唇已經張不開了。妻的臉上淌下兩滴眼淚，她的皮膚依舊很細緻。她全神貫注地望着他，這種眼神他很久以前見過，那還是他們初次約會時。兩個人在九龍飲完茶，他送她坐天星渡輪回香港。維多利亞港的海水上一片濛濛細雨，這位寫信求見他的女讀者，就這般全神貫注地望着他，潤滑的臉上濺了幾滴晶瑩的雨……

前後左右都是香港文化界的知名人士，這是什麼場合？牆上掛滿了輓聯，堂前排了一列花圈，辦什麼人的喪事？他朝大廳中央望去，上面赫然掛了一幅他的放大照片。哦，是他自己的喪禮？前方還跪着妻和他的侄兒，妻披着件寬大的麻衣。簡直匪夷所思！他快步趕到白幔後面，一個廣東式「四塊半」淺黃色的棺材裏躺着人，紫色的壽衾一直蓋到他下巴，那張臉枯槁得像他父親，三十二年前送他，在楠木棺中的父親就是這個樣子，根本不像自己，可是那的確是他啊！那麼他真的死了！

回到大廳他愣住了。座位都坐滿了，站也站滿了。嗬，那麼多人來弔他的喪！怎麼病的時候一個人影也不見？學生竟也來了不下一百人。

他走到詩人小潘身邊，聽見他悄聲對晨報的范老總說：「去得真快，前些天我們吃飯的時候，還說一起去探病呢！」

范老總說：「肺癌嘛，當然快。大家都知道了，只瞞着他一個人。」

沒想到這些老友知道他患了絕症，居然沒有一個來探病。香港的人太忙了，人情也薄了。不像以前在上海、重慶，文友們一下班，總混在一起，吃吃喝喝，看電影，探病，聊天。

進來的不是棉紗大王雨樵嗎？有十年沒見他了吧！他來湊什麼熱鬧？初到香港的時候，還以為他是十里洋場中少見的讀書人，雨樵常找他去談時事，聊文學，也常請他吃飯，其實他只不過是雨樵宴會上的裝飾品。他曾請求雨樵捐款兩萬元資助他正在死死撐着的文學雜誌，雨樵只說考慮考慮，以後就沒了下文，而且宴會的請柬也稀疏了。

他聽見大嗓門的秦樹跟一個叫不出名字的出版商說：「他的確是一代文豪，小說篇篇精彩。怎麼樣，我編一套他的書，你來出，乘這個時機，一定會賺！」

秦樹上個月還在雜誌上把他的小說批評一番，說它們不能反映現實，說它們蒼白無力，今天他一死，水漲船高，文章也一變而「篇篇精彩」了！這對輓聯說他「紙價貴洛陽，文采照香江」，這真是一針見血的反諷，他這個「一代文豪」三十年來，活在溫飽的邊緣，人人知道他的名字，卻沒有表示內心的尊重。他厭倦地向白幔走去，還是躺在「四塊半」裏，到另一站去算了……

雖然上午日本飛機來轟炸過，現在交通已恢復了。嘉陵江上曉色蒼茫，由江北開往重慶的渡輪，擠滿了上班的人潮。船上出奇地安靜，個個都埋頭看報紙。他穿過人群，伸頭瞧他們看什麼，原來是讀他的連載小說《萬古千秋》。這才是活着啊！他心中滾滾的思潮，流入人們的心中，一如嘉陵江的波浪，滾滾匯入長江水。

重逢

「媽，紅的星星！綠的星星！」小祥樂得直嚷，手指着山頂上那五六點火光。

丹桂笑了，她說：「小祥，那是燈籠，不是星星。」

文輝也耐心地解釋：「就跟我們的燈籠一樣，爸手上這隻燈籠要是現在放在山頂上，也像顆紅星星，懂不懂？」

前面不遠的山徑上，也有一盞紅燈籠，映出兩長一短的身影。丹桂想，真巧，也是一對夫婦帶着六七歲的小孩來賞月，但也不完全一樣，他們那一家子帶的是女孩，我們的是男孩。還有，我們這裏是文輝幫小祥提燈籠，而前面那一家呢？是女的提着。由這些小地方看來，文輝不愧是個體貼的丈夫，雖然他又乾又黑又矮。

山風飄來他們的對話。女的說：

「我們爬到半山就回去吧，囡囡會累的。」

男的說：「不可以，賞月一定要爬到山頂上看！」他冷冷的聲音帶着跋扈的意味。

一剎那間，丹桂打從心底涼到外頭，連手臂上都起了雞皮疙瘩。這聲音屬於一個人！這個人曾把她稚嫩的心，刺得傷痕纍纍。是他嗎？這個男人的背影太胖了，可是那六呎的身高又很像是他。哦，那仰起頭走路的姿態完全沒變，的確是他。算算看，那年她十八歲，已經是十五年以前的事了。

那個雨夜，她闖進他高級住宅的公寓。他身上只穿着件海藍的絲絨晨褸，立在客廳當中，也不請她坐下來。

「為什麼你不見我？今天早上你明明在公司，為什麼叫秘書說你不在？」她的聲音顫顫地。

「丹桂，別孩子氣了，我們之間已經過去了。」他的眼神淡淡地，聲音卻柔柔地，像絲絨。他仰着頭，雙手插在晨褸口袋中，身上散發着卅歲男人的魅力。

她的視線避開他，低聲說，像是說給自己聽：「怎麼可能？對你已經成為過去？」

他跨近一步，用手圍住她的肩，這令她全身一抖。他說：「下次再談，好嗎？」他一邊說，一邊把她推向大門。

她覺察出他是趕她走。這次好不容易見到他。心中一急，她用力把他的手揮去，站定說：「還有下次嗎？」她抖動的嘴唇吐出恨意：「你欺騙人的感情，會受報應！」

他不耐煩地皺起眉，以前他從沒有用這副嘴臉對她啊！他連聲音也僵硬起來：「妳搞錯了吧！我什麼時候欺騙妳？我從沒說過要娶妳。就是那次上了床，妳不肯，我也沒有勉強妳。妳離開我公司，我還替妳找到一份薪水更高的工作。我什麼地方對不起妳？」

丹桂呆望着他，眼淚控制不住簌簌地往下淌。他怎麼竟變成這麼冰冷，這麼跋扈？這是同一個人嗎？那次在他的臂彎之中，把初吻給了他。他用軟軟的唇接去了她臉上的淚珠，輕柔地逗她笑：「別哭，我是妳第一個，妳是我最後一個，好不好？」那種溫柔，那種甜蜜，怎麼會無影無蹤？這是同一個人嗎……

「她還不肯走？」丹桂淚汪汪的視線，接觸到一雙畫得烏黑的眼睛。臥室門口站着一個豐腴的女人，只穿着一條黑襯裙，正用她眸子疑問地勾向他。他望着那個女人，無可奈何地聳聳肩，好像說：我沒法子攆走她。

那個女人轉過頭來眇着丹桂，她的聲音膩膩的：「嘿，人家要妳走，妳還是識相點。妳這種死纏活纏，男人最受不了！」

丹桂的心跌落在荊棘叢中。除了他，她不願意任何人見到自己這副哭哭泣泣、低聲下氣的模樣，現在竟落到這個女人眼中。他就是為了這種女人而拋棄她嗎？他竟會跟這個女人串通一氣來侮辱她？丹桂傘也沒拿，就衝出門去，淋着雨徘徊了幾個鐘頭。

十多年來，她努力把這一幕由腦海中抹去。可是那些刺插得很深。文輝沒多久以前才說過：「奇怪，妳睡覺一向很安靜，可是這一年來，妳常說夢話。而且總是一句話，說什麼黑色的襯裙，是什麼意思？」

一陣山風吹來，把那家子的燈籠吹熄了。丹桂聽見他不耐煩地對女人說：「真沒用，火柴也不多帶一盒！」

他回過身向他們走來。丹桂聽見自己卜卜的心跳，他會不會認出她？他走到文輝面前很禮貌地問：「請問有沒有火柴？」他比文輝足足高一個頭，頭頂已經禿了一半，下巴下面有兩團贅肉，老得太多了，比她老得太多了。

文輝說：「有，有，丹桂，給他一盒。」

他轉身向她，她趕緊低下頭，打開皮包找火柴，因為心慌，摸了半天才摸到一盒。她抬起臉，他正怔怔地俯視她，眼中的神情非常複雜，有驚愕，有激動，還有那麼一點說不出是什麼。他一接觸到她的目光就移開了，轉過頭去，打量文輝和小祥。然後回過頭來，仍然不看她。丹桂也沒說話，把火柴遞過去。他伸手接，小心翼翼地避免碰到她的手指，然後用輕微到文輝都聽不見的聲音說：「對不起，但願說得不是太遲。」說完轉身就走了。丹桂呆呆地站了片刻，心中忽地充滿了祥和。命運的手真不可思議，在完全沒有預料到的時刻，把他引到面前來，讓他親手把自己插下的刺拔出來。

她聽見小祥嚷：「月亮出來了！」

一輪晶瑩奪目的秋月，升上了山頭。丹桂無限愛意地望着文輝和小祥手牽手的背影。

梨花和劫匪

一、劫案兩個月之後

梨花不再蹙着眉心，現在眼中射出喜悅。她每次見到珂西都這樣，她們見面次數不多，可是因為這兩位女子皆有寫作人的當行本色——能跳出自己來觀察自己——所以她們碰上總愛調侃一下自己。

梨花秀氣地輕啜一口黑咖啡，抬頭說：「哎呀，珂西姐，忘了告訴你，前兩個月我又被搶了！」

「什麼？又搶了？」珂西瞪大她那雙清澈的眸子，這表示她真給嚇住了。珂西生性內向，喜怒不形於色，此時，她意識底層流過一股恐懼的暗流，在香港，女人心底都潛伏着恐懼，害怕高樓的陰影，害怕暴力。

梨花說：「是啊！但是這次我可沒那麼好欺負，被搶過一次，我有了經驗，敢對付他們，而且是我一個對付他們兩個！」

珂西擔心地眨着眼睛：「妳弱不禁風，怎麼對付兩個劫匪？」

梨花說：「不難，不難，這兩個男孩才十三、四歲。」

「啊！是小孩子。」珂西鬆一口氣。

「他們搶我的皮包，我一把就把皮包搶回來！」

「喲，那麼厲害！是不是搶回來拔腿就跑？」

「不是，不是，我還跟他們討價還價，說好錢歸他們，皮包歸我，因為反正他們不要裏面的證件呀！」

「他們肯？」

「肯呀！」

珂西望着梨花柔柔的長髮、淺淺的梨渦，想像她居然與小匪徒討價還價，忍不住笑出聲來：「妳真行！」

梨花回想自己的確真行，一面笑一面說：「其實我皮包錢很少，合起來才二十多塊，幸虧零角子非常多，我一把一把拼命往他手裏塞，好像很多錢，他看來還挺滿意的。」

想起那兩個「大盜」，費盡心機，經歷皮包爭奪戰，又要與女人討價還價，才搶到二十多塊錢，兩個人咭咭咯咯大笑起來，梨花上氣不接下氣地說：「還有……我左手提了一手抽的柑，有十二個那麼多，我說，都給你們，往他們手裏一塞，小匪徒居然說，不要！用力塞回我手中，他們拿了錢就跑了。」

想到小匪徒居然與她推推讓讓，兩個女子眼淚都笑出來了。但梨花突然止住笑，蹙着眉頭說：「其實，那次也很嚇人。」

二、劫案前二十秒

梨花又踏上通往又一村的石階，自從經歷上次打劫，就覺得石階特別長。才八點鐘，天已全黑，可是她又不能每次天黑回家都坐計程車，這不是當編輯的她能負擔的，誰喜歡生活在搶匪的威脅之中？誰愛在貧窮暴戾的紐約哈林區長大？誰希望活在槍林彈雨、佈滿仇恨的貝魯特城？身不由己的人太多太多了。

石階好靜，兩面都是高牆，陰森森的。沒有人，她會害怕；有人出現，她更害怕，害怕對方是匪徒。她的皮包掛在肩上，她用肘夾緊吊在腰部的皮包，她記得前幾天珂西的話：「妳呀！不要再作台灣女孩子的打扮了，披着長髮，穿那麼長那麼軟的裙子，標準的弱女子形象，匪徒不搶妳搶誰？」

梨花真恨不得今天紮了馬尾，穿了牛仔褲。石階轉個彎，她踏上最叫人心驚的一段路。石階全程呈ㄣ狀。兩個拐彎中間那一段常陷真空狀態，一個行人也沒有，上次就在此處被搶，一個壓根不像劫匪的劫匪，白襯衫，藍領帶，藍長褲，公司經理型，他英俊的眼中射出什麼事都幹得出手那種殘酷！梨花心底發毛，加快腳步往上爬，只見這一段石階頂端高懸一盞路燈，映着周遭密集的葉子，綠慘慘的，有如海底，沒有出路的海底。

突然，響起一陣急促的腳步聲，兩個人由暗影衝出來，一前一後包圍她。後面那個用右手箍住梨花的脖子，前面那個衝到她跟前，亮出一把原子筆長短的小刀，銀光晃晃，直指她的胸膛，梨花嚇得大聲尖叫，女性的恐懼裂帛地撕開寧靜的空氣。

她恍惚聽見前面拿刀的那個尖着嗓子說：「不許叫！」接着說：「有人，你去！」

她感到脖子鬆開，箍頸的那個越過她跑上石階，她這才能集中注意力，看見石階頂端有人走下來，是個高頭大馬的男人，魁梧的身形，貼身的汗衫，令人聯想到武館的武師。有救了！劫匪大概會撤退吧！可是前面的劫匪仍站着用刀指她，小眼睛骨碌骨碌，一時望來人，一時瞥她。梨花見劫匪的臉光滑鮮嫩如奶油，才悟出他年紀必然很小。箍頸的劫匪身形高些，但如果站在魁梧大漢的跟前，只到他肩頭。人雖小，卻倏地亮出一把水果刀，兇悍地指着魁梧大漢，用他的童音，暴躁地尖叫：「走你的，不准你管！」

伸手管呀！梨花心中叫道：只是兩個小孩，伸手呀！一腳把他踢下石階！魁梧大漢匆匆走過，連一眼也不曾斜看，好像這三個人根本不存在。他逃出了真空狀態。

希望破滅了。她感到眼前什麼一花，前面的小劫匪把刀直遞到她喉頭，她嚇得脖子僵住，連仰頭往後都不敢。這時小劫匪一把拉扯她的皮包，因為皮包帶子掛在她的肩上，所以這一扯並沒能搶走，卻扯得她肩都帶了過去。

迅雷似地，她心底流竄一股憤怒，為什麼老是搶她？仗義的人都死光了嗎？天為什麼這樣待她？這次她要站起來，不做綿羊，她來不及思索，只順着爆發的本能行事。她用力把皮包往回一扯，小劫匪居然鬆了手，大概根本沒想到會有這種變化。她一面搶回皮包，一面大聲說：「你們要錢是不是？」

「是！」她看見小劫匪的三角眼中交錯閃着緊張與暴戾！她瞥見脖子前的刀尖有點抖顫。她意識到自己不能爆發，因為對方手中有刀，而對方因為年輕，根本不懂得控制自己，緊張到隨時都會爆發的地步，自己將會成為刀下的血人，只有她的鎮靜才能救自己。

她趕緊接着說：「我錢都給你們，裏面的證件你們不會要的。」

小劫匪執着刀沒動。她忙把左手的柑放在地下，打開皮包，取出皮夾子，心中這時才大叫，糟了！糟了！皮夾裏只有二十多塊錢！據說香港的劫匪非見紅不可。不見百元的紅色大鈔，就要見受害者的血？

梨花打開皮夾子，把兩張十元紙幣用手抓成鬆泡泡一團，放在他張開的左手上，再一把把將硬幣塞在他手上，幸虧硬幣多，足足抓了三次，第四次是把皮夾倒空，表示一分錢也不剩。梨花見他注視左手掌上的錢，怕他看穿，為了分散他注意力，忙低身取起那一大手抽的柑，往他執刀的右手一掛，心想：「給他東西，他總不會刺我一刀吧！」她說：「這是柑，給你。」

小劫匪不耐煩地把左手的錢放在口袋中，兇巴巴地吼一句：「不要！」一把手抽掛回她腕上。他對把風的那個點個頭，兩個人風一樣地跑下石階而去。

梨花也撒腿往上跑，兩起人逃離真空狀態，看來不曉得是誰在逃誰。她直衝到家門，開門進了去，腳一軟人倒在地上，才開始全身發抖。

註：香港粵語「手抽」是指塑膠提袋。「柑」是指柳橙。

八年初戀

像往常一樣，十二歲的小琴一早就捧着書，站在那棵大榕樹下，看起來像等公共汽車，可是汽車停站她卻沒有上車：看起來像是用心啃書，但她的眼角卻不時溜向旁邊的小巷子。

深巷一扇木門呀一聲開了，走出一個十四歲的男學生，小琴遠遠望見他白皙的臉，心就像小皮鼓一般咚咚地響起來，她把頭埋進書本中。不能讓他看見自己燒紅的臉，更不能讓他看見今天冒出的兩顆青春痘。等他走過去，她才敢望他的背影，他剃剩半寸長的頭髮，黑黑的，像墨汁。等他上了車，她才搭下一班車走。

可是今天他著卡嘰褲的腿卻在她身邊停下來，他的手在地上拾起一張小書籤，說：「是妳的吧？」

小琴抬頭面對他，真的，他十足像漫畫裏的小王子，深深的雙眼皮，睫毛長長的像刷刷的烏翅，一對烏黑的大眼珠射出的光芒，像她每夜仰望許願的星星。她呆望着他，傻呼呼地接過不屬於她的書籤。他只望她一眼，點下頭就走了。小琴的臉色由紅轉白，握住書籤的手仍發着抖。也許他已經知道了，誰叫自己一副癡癡傻傻的模樣？明天他會用什麼眼光瞧她呢？不論什麼眼光她都害怕，如果他正眼也不瞧她，她更受不了，她要化成肥皂泡，飄走。

那天以後，小琴再也不敢在榕樹下等他，她撤得更遠，到對街遠遠的另一個車站，一早混進候車的人潮中，守候他走出巷子。

＊　＊　＊

十六歲的小琴，跟她四個手帕交，在女子中學校園的小亭子中，圍成一個小圈圈，神秘兮兮地交頭接耳。

秀美說：「我那招真靈。我花一個月跟他妹妹交朋友，上星期我們三個去看電影，這個星期六，他請我單獨去看電影呢！」

純純說：「昨天晚上，我們到公園裏去，在黑暗的地方……」

「怎麼樣？」

「做了什麼？」

「他吻了我。」純純說。

四個女孩子一片驚呼。「真的？什麼滋味？」

「一開始就嘴唇受傷，牙齒碰牙齒。」純純吞吞吐吐地說。

「什麼？什麼？」

「因為他太急了。」純純說。

五個女孩咭咭呱呱笑作一團。

最後大家的目標轉向小琴。秀美問：「小琴，妳呢？跟妳的他說話了嗎？」

「沒有，我想還是不說話好些。我能夠天天看見他已經滿足了。他真帥，真有氣度，而且極端聰明，聽說他上學期考全班第一。今年聯考他一定會考上第一志願。如果他去北部讀大學，我就再也不能天天見到他了。」

＊　＊　＊

二十歲的曉琴，出落得清麗脫俗。前年她考上了台灣大學外文系。這一年零七個月來，她是男同學們追逐的對象，不過還沒有人追到手。這時最有希望的機械工程系趙棟跟曉琴並肩在杜鵑花盛開的大道上漫步。曉琴一襲淡藍的衣裙，柔柔美美的。趙棟洋洋得意地把手搭在她肩頭。

驀地，曉琴一抬頭，對面有個青年騎腳踏車來，她心頭一突，是他，聽說他在政大。依舊是那對雙眼皮大眼睛，依舊白皙的皮膚，不過身材不像印象中那麼高昂。他們迎面交錯時，他由頭到腳掃了她一眼，那種對好看女孩子的注目禮。當然他認不出她是誰，由於以前她掩飾得極小心，他對她沒有什麼印象。

可是奇怪！她心中竟然沒有任何感覺。想想看，她自以為深深地、專一地愛了這個男孩子多年。分別三年以後，此刻重逢，居然一點震撼也沒有，像是面對一個陌生人，也許他根本是個陌生人，是她特意為自己製造的偶像。因為她……她怕。怕什麼呢？生活，男人，自己？波一聲，好像有什麼在她意識的深處帛一樣撕裂……。

那天晚上，曉琴跟趙棟去了傅園幽暗的角落。她是蛾，正在破繭的蛾。他也是蛾，撲火的蛾。

4 心理層次的呈現

船長夫人

我都十五歲了，依舊喜歡這種小女孩的玩意兒：在沙灘上拾貝殼。忽然我想起我的乾姊姊就住在附近，於是決定由我們畢業旅行的海灘活動開個小差。

雖然我離開這個城四年了，還是很容易就摸到她家門口。山坡上，火紅的鳳凰木群樹包圍着這幢日式平房。我按了半天門鈴，正打算走，卻聽見一個女人說：「誰啊？」

門旁的窗簾掀起一個角，露出一張濃妝豔抹的臉，是她，她比以前瘦了些。她望望我說：「啊，原來是妳。」

門開了，哇，她打扮得真豔麗：深紅色的低胸洋裝，金色的大吊耳環和鑲空的高跟鞋。我跟她走進房去，她很興奮地一口氣說：「我記得妳，我的乾妹妹，是不？妳大姊跟她男朋友結婚了嗎？妳愛不愛喝檸檬汁？」

我還沒來得及答，她已經一陣風飄進廚房了。

客廳跟以前完全不一樣嘛！猩紅色的落地窗簾擋住了窗外的海景。窗簾對面牆上有個巨大的鏡子，映得滿室通紅。剩下兩面牆掛滿了照片，不下一百張！仔細一看，這邊全是明芬姊姊的照片，那邊全是她那個船長丈夫的照片。連照片也要朝夕相對，怪不得大姊說他們深深相愛了。

正看着照片，她回來了，卻沒有給我拿檸檬汁來。她走到客廳角落去放唱片。我忍不住問她：「明芬姊姊，為什麼這些照片裏沒有一張是你們兩個人的合照呢？」

「因為我不要看見他跟一個女人在一起。」真夠絕！她竟連自己也會嫉妒？我自以為俏皮地說：「怪不得有人說：愛情一定是獨佔的。」

她轉過頭來，眼中露出警戒：「哦，妳已經長大了，那麼年輕！不能讓他看見，他就回來了！」她一把抓住我胳膊，力氣奇大，把我拖向廚房。天呀！她拖我去哪裏？為什麼她眼珠有綠點，像發了霉？她一定瘋了！

她忽地拉着我一轉身，拖我回客廳，把我按在沙發上。我大氣也不敢出，儘管她指甲掐得我好痛。她厭煩地說：「坐下，坐下！甜心的船在紐西蘭，明年春天才回來。唉，磨死人的等啊……」

她在我旁邊坐下，一把摟住我，把我的頭壓在她肩上，然後向沙發一靠，喃喃自語起來，我豎起耳朵：「……為什麼一來就要走呢？每次你由牆上下來，我都不能讓你滿意，不知怎的，我總是很累，對不起啊……」

她輕輕喘着氣，抱着我的手鬆了點。我還是不敢動。等了一下，音樂停了，她也靜靜地，我才偷偷側頭瞧她：她竟睡着了。我扳開她的手，躡足溜到門口，開了門就沒命地跑下山去，好像逃離陷在火海中的房子。

燃燒的腦城

在畫廊裏，客人瀏覽我的畫，我瀏覽客人。

我一眼就瞧出這年輕人氣度不凡。別看他的西裝半新不舊，那是南美駱馬毛絨料子，最貴的。據我觀察，一年到頭穿新西裝，手上帶個大鑽戒的，多半是暴發戶，沒文化。他領口圍着條灰色的真絲圍巾，令我聯想到前年在巴黎畫畫，見到的那些出入雅馨大旅館的法國貴公子。

他繞場一周，細看我每一幅畫，然後走到我和秦小姐面前，彬彬有禮地問我：「您就是畫家韓先生吧？敝姓陶。」

我一面站起來說：「不敢，不敢。」一面打量他，他二十七八，面白如玉，一雙黑白分明、閃閃發光的眼睛。

他說：「我想要您那張『燃燒的腦城』。」

果然有眼光！我尊敬地對他說：「你挑了我自己最喜歡的一幅畫。」

他直望入我眼中，微微一笑，笑中有種捉摸不定的深意。這時秦小姐插嘴說：「陶先生，能否請您先付訂金。」

他一側頭，風度翩翩地對秦小姐說：「啊！我身上沒帶現錢，用信用卡可以嗎？」他伸手由褲袋裏掏出皮夾。

像他這種出身富貴之家的人，身上自然很少帶現金。我忙說：「陶先生，不必麻煩了，我開完畫展把畫送到您府上再付吧。請問您哪一天方便？」

我們約了時間，他寫下住址。

＊　＊　＊

平時我自己不給人送畫，都是由畫廊派人送，可是因為我想跟陶先生交個朋友，就拎着那幅畫，來到這座嶄新的、富麗堂皇的大廈前。按了半天門鈴，對講機沒有反應。難道他忘了我們的約會？我呆站在門外，守衛員推門出來，他的頭髮花白，一張老於世故的臉。他望着我手中的油畫說：「你找二十樓的陶先生嗎？」

我點點頭。他挺樂的輕笑兩聲說：「你上當了。這座樓根本沒有陶先生這個住客！」

「你說什麼？」

「你不是第一個啦！這一個月來，好多公司給這個陶先生送東西來，有書桌、有沙發，甚至鋼琴。你只是一幅畫，運氣好多了。」

我一時張口結舌，說不出話來：「他……開什麼玩笑？他……是個騙子？」

「他不是騙子，」守衛員嘆了口氣感慨地說：「他才由青山精神病院出來。這片地原來是他家的。四年前，他父親的生意垮了，點火把自己的洋房燒成平地。只有他沒燒死。他變得一無所有，就瘋了……」

半個世紀以前

儘管她已經六十出頭了，老太太了，依然是位好看的老太太。額頭雖有些細細的紋路，挺秀的鼻子依然精緻；眼角雖然微微下墜，仍舊是雙輪廓分明的大眼睛，只是眼珠子有點泛灰。

跑在她身旁的，是她的老公。這位矮個子老公公都六十七了，卻健壯異於常人，他挺着腰板慢跑。老太太急忙跟在他後面快步走。每隔一兩分鐘，他們之間的距離拉遠了，她就喊：「噯！慢一點。」他倏地慢下來與她並肩行，活像她手中有線牽着他似的。但過一下，他跑得興起，不自覺又越過她跑到她前頭去。她又喊：「噯！慢一點。」他這麼一快一慢，離她時遠時近，真像是小孩手中玩的 yoyo。

他們慢跑到公園門口停下來。老公一本正經地說：「我去買報紙，你在這裏等，別亂走！」

老太太表現出柔順聽話的樣子點點頭。心裏頭卻微笑着，享受他管她，享受他帶點跋扈的關切，四十年了！

她站在公園大門內的一條小徑旁，忽然聽見公園裏面小徑旁邊的林子裏傳來一陣鼓翼聲，葉影之中一隻長尾的大鳥飛落到地上，垂着色彩斑斕的尾巴。是山雞嗎？這裏竟有山雞？她忍不住走過去看個究竟。就在過小徑的時候出了意外！一個八歲左右的小男孩騎腳踏車飛馳而來。他來不及剎車，老太太砰一聲摔倒在地上。

闖禍的小男孩在六公尺外把車給剎住了，他把車一扔，匆匆跑向老太太。她正自己慢慢爬起來。幸好，不算是意外，只是腳踏車擦到她的衣袖，她一步沒踏穩，跌倒了。可是她沒摔斷一根骨頭，身上連一點擦傷也沒有。然而小男孩卻不知道她根本沒事。他慌慌張張地扶着她的胳膊。她抬起頭，見到一張蘋果臉，晨曦映在他深棕色的眸子裏，他一臉都是焦急，是個好孩子。可是這張臉她在哪兒見過……

突然，兩張畫面在她腦海中交錯出現。

第一張畫面是半個多世紀以前的事，早就遺忘了，現在卻清晰地閃現。她也很小，是這個小男孩的年紀。她也跌倒了，像現在。可是並非是腳踏車帶倒的，而是在人潮中跌倒的。到處是奔跑的人，媽給衝散了，是在上海嗎？遠處傳來槍聲。她給撞倒了，是個小男孩撞的，一個不認得的、蘋果臉的小男孩。他連忙扶起她。一臉焦急，怕她跌壞了，因為她白着一張小可憐的臉，因為她是個頂頂漂亮的小女孩。她找不到媽，本來非常慌張，但是見他急得只會嚷：「哎呀！哎呀……」她覺得好玩，反而笑了，安慰他說：「不怕！不怕！」他倆手拉手跑到街邊，坐在石階上看熱鬧。因為他們太開心，兵荒馬亂的場面，反倒像過年時大放鞭炮，一街的人雞飛狗走！他們樂得直拍手掌。不久媽找到了她，把她帶走了。當然，以後再也沒有見過這個小男孩。

第二張畫面她倒記得很清楚，因為她以前重溫過不知道多少次了！她爬下岩石，赤腳踏入急湍的溪水之中，不小心踏在水裏一塊長滿青苔的石上，一滑身子就溜下水去，他及時一把拉起她，他圓圓的臉佈滿焦急，好像整個心都攤在臉上。就從那一刻起，她沒來由地愛上這個助教，以後四十年如藤似的依附在他身上。當時同學們都不了解，她是系花，說什麼也不可能喜歡上那個又矮又胖的助教。以前她也問過自己這個問題，大概這就是一見鍾情吧！也不對，在學校三年，跟他見過不知道多少次，一直沒有一點特別的感覺，怎能算是一見鍾情呢？為什麼到三年級系裏去郊遊，他扶持她一下，就會沒頭沒腦地愛上他呢？現在她終於了解了：她愛上他，是因為一種動人心弦的人間善意。

＊　＊　＊

「阿婆，怎麼了，你怎麼了？」小男孩見這位老太太站着呆呆地直瞪他，瞪得他不知所措。她忙定下神來，親切地摸摸他的頭說：「我沒事，小弟弟乖，你去騎你的車吧！」

老公公推開公園的旋門，踏着四平八穩的步子走來。她笑着迎上前去，本待說：「有個秘密你要不要聽？」但見他一本正經的樣子，她就把話咽回去了。老公公說：「我們回去吧。你不要彎着腰，駝背不好看。」

她跟在他後面快步走，心中想，現在不告訴他，到他不那麼一本正經扮老大的時候，在他們入睡之前，最鬆弛、整個身心都敞開的時候，她會悄聲問他：「你知不知道四十年前我為什麼一下子喜歡上你？」

水晶花瓣

雷亞勤站在香港啟德機場接機的人群之中，盯着斜坡盡頭的自動門，他的內侄還沒有出來。再等上五分鐘就不等了，公司還有個會議他要趕回去主持。

自動門打開，有位中年紳士一個急步踏出來，雷亞勤一下子給他吸引住了。這個中年人的外表其實很平常，那種典型飛來飛去總經理級的人物，豐滿的臉很光潔，鬍子刮得乾乾淨淨，剪裁合身的西裝，掩住他微微突起的肚子。是與他總經理級外表極不相稱的表情吸引了雷亞勤：這個中年人怯怯地立在斜坡頂端，緊張地掃視斜坡下的人群，眼中流露出脆弱的神色，不知怎的，他發亮的雙眼令雷亞勤聯想到一碰就碎的、薄薄的水晶玻璃花瓣。驀地，一片陽光映亮了水晶，有個女人走上斜坡，是個很富韻致的女人，著一襲淡紫色的鬆身絲質衣裙。他迎上前去，兩人站着凝視對方，中年人緩緩握起她的手，輕輕放在自己胸前，這幾個動作不會超過三秒鐘，雷亞勤卻感受到那份時間指針碰觸不到的永恆。雷亞勤耳裏轟一聲，全身一陣痙攣，是的，如果自己與畢瑩重逢，也會是這樣。不！尤甚於此！他會握起她的手，放在他狂跳的心上，他們的目光牢牢膠住，他們會激動得不能自已，因為心要跳出框框，安頓在對方身體上。他不會顧慮周圍眾人箭似的目光，會把她擁入寬闊如平原的胸懷，她輕輕地合上晶瑩的眼，期待着……

自從五天前知道畢瑩已由美國回到了香港，他的精神處於亢奮狀態：如果他們在小巷裏相遇？如果他到旅館裏的咖啡座，守候她一個人出來，然後跟蹤她，到了人擠人的街上，貼在她身後喚她的名字？如果她竟打電話來約他，有機會斗室相處……

這五天他做了多少白日夢。不，這十年來他幻想過各式各樣的重逢場面。深刻的愛情不會乾枯，已變成地底的伏流，不時會噴出地面變成甘泉。十年前他三十九歲，卻像個小伙子般動了真，連自己也難以相信，愛的根會那麼深，愛的結合會那麼甜。他們結合那天，是她二十四歲生日，他送她的禮物，就是一朵施華洛世奇的水晶花，象徵他們愛情的純淨和堅美。可是因為自己非自由之身，有妻有女，兩人活生生給拆散了。她傷心地去了異域，十年來他陸續打聽到，她嫁了個工程博士，生了兩個兒子。

雷亞勤打了五個電話，找到牌桌上的太太，才知道內侄改了晚上班機來。他回到公司開完會，到總經理室去代簽一些文件，忽然電話鈴響了，秘書說：「副總，轉來一個電話，找你的，她說方太太。」

傳來一聲清脆的女聲：「喂，我是……」

雷亞勤驀地全身一震，直起身來：是她！是她的聲音！等待十年的一刻終於來臨了，震撼心弦的一刻啊！對方卻一口氣沒停地叨叨說下去，只留些空檔給他答「啊」、「是」、「好」：「喂，我是畢瑩，你好不好？我回香港了，聽說你升了副總經理，恭喜你啊！有件事想麻煩你，我要替大兒子買一部電子遊戲機，你們公司新出的那一型，大家都說好，你能給我打個折扣嗎？不知道能打多少折扣？……」

雷亞勤聽完電話，愣在座位上，心直朝下沉，碎了的水晶在漆黑無底的枯井中，落下去、落下去。

雷亞勤不知道，畢瑩的水晶花瓣於十年前她在美國一個小城的百貨公司當售貨員的孤苦歲月中，早已經碎成無數刺人的小顆粒了。

一碗飯

我有個不錯的婆婆：容易相處，身體健康，寶貝孫子。可是她上了七十五歲以後，也就是這七個月，行動忽然詭異起來。

那天我們一家五口正吃晚飯，五口是婆婆、明岳和我，還有兩個上國民中學的孩子。大家都開動了，婆婆卻不動筷子，明岳說：「媽，妳吃飯呀。」

婆婆看也不看他，雙眼定定望住前方，穿越客廳的牆，望很遠的地方。

常。

我也說：「媽，吃吧！」

她突然嘀咕了一句，好像是：「我要去看××。」

明岳與我面面相覷。這時媽好像醒過來，拿起筷子來吃飯，一如往常。

過了三天，她又犯了，這次嚴重很多。晚飯時五個人舉起筷子，正要開動，婆婆忽然用筷子搶着挾了菜在碗裏，然後捧着碗站起來，往大門走。我們四個都傻住了。明岳一個箭步，在門口攔住她說：「媽，妳去哪裏？」

婆婆大叫道：「讓我去，我要去看大姐！」一個攔、一個闖，飯碗打翻在地上，婆婆忽然呆騃了，拉她回飯桌上，只低頭悶不出聲，一口飯也沒吃。但過了晚飯時間，人又醒過來，一切正常。

上床的時候，我問明岳，誰是大姐呢？我沒聽婆婆說過她有大姐。明岳說：「我也沒聽說過，小時候在鄉下，家裏也沒人說過。媽跟我說，她有一個哥哥，一個弟弟，就是我的大舅、小舅。現在大舅死了，小舅還在大陸鄉下。奇怪！……啊，對了，有一次，我還在念中學，過年的時候媽帶我去看民俗表演，看到新娘上花轎，就提了一兩句當年她大姐出嫁的情形。那麼，她的確有個大姐。」

於是我們下了結論：婆婆想姐姐想癡了，怕她在大陸餓飯，所以送飯去。但有了結論無補於事。第二天我問她：「婆婆，要不要打聽姨媽在大陸上的消息？我是說您的大姐。」她茫然地望着我，好像我說是異國的語言。婆婆還是每隔三天五天就犯一次：依舊在門口攔住她，依舊打翻一碗飯，依舊悶悶地不吃飯，依舊是甦醒過來後什麼也不記得。只是有一次飯打翻時，她說了幾句話：「你們攔我，會受報應。我非去不可，不去她會死的！」

聽了這話，我猜測也許有什麼隱情。我們想向父執輩打聽，但當年是婆婆一個人帶明岳來台灣的，在台只有一個遠房堂兄，也在五年前過世了。

在大學裏，我選修過一門心理學，多少懂得心理病臨床治療的辦法：讓病人精神鬆弛，說出他壓抑在潛意識裏的隱情，把病根宣洩以後，病徵也會消失。

我計劃在端午節行事。那天晚飯的時候，我不斷敬婆婆酒，她一向沒有高血壓毛病，不戒酒的。等她瘦乾的雙頰泛起桃紅，一句話會說兩次的時候，我扶她回到床上，坐在床邊與她閒話，慢慢把話題引到她的家庭上：「媽，你跟明岳的兩個阿舅相處得好不好？」

「說不上好不好，倒是他們母親對我們姐妹恨之入骨，恨之入骨。」我耳朵豎起來，終於提到她姐姐了，她接下去說：「後來我想，我媽又標致、又得寵，幸虧死得早，死得早，要不然她可能會給大媽折磨死的。」

原來婆婆是庶出，她從來不提，連明岳也不曉得。我問：「她是什麼時候過世的？」

「我四歲就死了，我四歲就死了。」

「妳是姐姐一手帶大的了？」

一提到姐姐，她眼睛閃亮：「姐姐疼我護我。那次表姐送了塊米糕給姐姐，姐姐捨不得吃，帶回來給我吃。哥哥搶了去，還踢我一腳。姐姐就跟他大打出手。結果三個小孩都挨大人揍：打我，是因為我惹哥生氣，打大姐，是因為她膽敢跟大少爺動手。打哥哥嘛，是他不爭氣，連女娃也打不過！」

我和婆婆都開懷笑了。她接着說：「可惜我十歲那年她就出嫁了。幸虧嫁得近，就是同村的馬家，馬家房子最大，不知道有多少進四合院，還有好大的花園，那年我常去探望姐姐。每次姐夫都躺在床上，瘦得竹竿一樣，老咳、老咳，一句話都說不完全。不到一年，姐姐就守了寡，她倒沒有太傷心的樣子。後來我想，他們大概根本沒有圓房，也難怪姐姐……」

婆婆忽然住了口，臉上很陰沉。那晚她沒有再開口。我猜姨媽大概做了什麼禮法不容的事。我向明岳細細描述這次夜話。明岳聽完沒有出聲，半晌他才說：「不如用疏導的辦法。」

第二次婆婆再犯，明岳沒有攔她，反而替她打開大門。我們兩人尾隨她下樓，我們住五層樓房的二樓，門前有個小院落。下樓時，婆婆步履輕快，像年輕人一樣，我們差點跟不上。她到了院子，直奔牆角的破狗房，那是搬走的鄰居以前養狗用的。婆婆把碗放在狗房當中，然後撲通一聲跪下，口中念念有辭：

「姐姐，妳吃啊，餓了兩天了，快吃，妹妹給妳送飯來了。不要怪我啊，沒有來探妳，因為昨晚我捧着飯出門，給大媽逮到，她用竹竿子打我，打到我瘸了一個月。全村的人都罵妳淫婦、下賤、浪蹄子。千萬不要以為妹妹也這樣想，妳是我的好姐姐，都是那個人壞，妳為什麼不招是誰的呢？餓了七天七夜都不肯招。為什麼不招呢？招了說不定不必活生生給餓死啊！妳死得好慘！姐姐，我真膽小沒用，我一向膽子小，家裏個個都冰冷冰冷的，對我又兇又狠，我好怕，原諒我吧，牆再高也爬得出去，狗再兇，也可以用石頭擲，挨打，再挨十頓我也應該給妳送飯去啊，姐姐……」

婆婆哭訴完，癱在地上，我們扶她上樓，她躺上床就倒頭大睡。

這次發作之後，婆婆還是犯病，不過大概十五天到二十天才犯一次。每次仍舊是捧一碗飯，下樓到院子去，放在狗房裏，但是一放下碗，她似乎就心安了。回到樓上來。起先，是我，或者明岳跟她下去，有時叫孩子跟她下去，現在我們習以為常，繼續吃我們的飯，讓她自己開門下樓去，不到兩分鐘，她會自己上樓回來，坐在她位子上，一副心平氣和的樣子，我們還沒吃完，她就醒過來，舉起我為她準備的另外一副碗筷，吃她的晚飯。

5 由現實進入夢幻

生死牆

我的德國朋友貝蒂娜帶我走到圍牆下，指一指那個木搭的瞭望台說：「上去，你就可以看到東柏林了。我去車子裏拿點東西就來。」

這個瞭望台在建築工地旁邊，不是遊客光臨的地點，現在下了班，周圍不見一個人。我爬上三米高的瞭望台，啊！我終於看見東柏林了。東柏林那邊沿着牆一大片空地，大概埋了地雷，以防人逃亡到西柏林來。空地再過去是一排紅磚房子，玻璃窗上映着黃澄澄的落日，一個人影也沒有，實在沒什麼看頭。忽然我旁邊上來一個人，他用德國腔的英文問我：「哈囉，你是由亞洲哪個國家來的？」

我打量他，大概三十歲左右，一頭閃閃發光的金髮，瘦長的臉，線條很帥，但卻嚴肅地板着臉，用他烏黑的眼珠子俯視我。我想如果他有雙藍眼睛，金髮藍眼，而不是金髮黑眼，樣子可能柔和一些，我答他：「香港來的。」

他臉上的表情鬆弛下來，微笑着說：「香港？真的！你說一句廣東話給我聽好不好？」

我覺得他異想天開，很有意思，就指着那一排紅磚房子說：「呢啲屋係做乜嘢嘅？」

他笑了，不知道為什麼那麼樂，然後他好奇地問：「這句話什麼意思？」

我告訴他是問東柏林那排房子作什麼用途。他的笑容霎時斂去：「第二次大戰期間，那是審猶太人的地方。因為接近圍牆，這些年來都空着。」

我一聽這排紅磚房子有歷史價值，趕忙拿起相機拍照，等拍完照回過頭來，那個金髮黑眼的德國人已經走了。

第二天貝蒂娜帶我去東柏林觀光。她是西柏林的人，可以簽證到東邊去玩，當然，東柏林的人是不准到西邊來的。我們坐地下鐵道，穿過海關一層層簽章、檢查，花了一個鐘頭過關，終於踏上東柏林的土地。街上擠着各國來的觀光客，除了街頭到處是警察。東柏林跟西方國家的大城市沒有太大差別，怪不得貝蒂娜説，東柏林是共黨國家的樣板。貝蒂娜去買唱片，我一個人沿着大街走向東西柏林界線上的布蘭登堡凱旋門。這個象徵帝國光榮的凱旋門，如今卻是座此路不通的門。我遙望着門那邊的西柏林，心想，明天，我要由西柏林門的那邊，望我今天站的地方。

凱旋門上雕着四匹奔騰的怒馬，一輪落日正落在馬背上，真好看，我趕忙拿出相機，換上個特寫鏡頭，透過照像機看到畫面中的馬仍然太小。我跨過低欄，踏上草地往前走，忽然有人拉住我的手臂用英文說：「不要再走過去，有地雷！」

我回頭一看，又是他！臉上依舊那麼嚴肅。我楞了一下禁不住問他：「咦？你怎麼也來了？」

他放開我胳膊，靜靜地說：「我本來就是東邊的人。」

這就更奇怪了，我問：「東柏林人不是不許去西柏林的嗎？昨天你怎麼去的？」

他含糊答了一句好像是「也有例外……」接着他提高聲音說：「喂，你再說一句廣東話給我聽好不好？」

我火他轉移話題，就說：「點解？」

他又問我什麼意思，我氣鼓鼓地說：「我是問你，為什麼你老要我說廣東話？」

他狡黠地笑一笑說：「因為我有廣東人的血液，所以我想聽一聽廣東話。」

開什麼玩笑，他根本是個百分之百的白種人。他見我不信，接着說：「真的，我曾祖父在澳門經商，娶了廣東女人，生下我祖父。所以我有八分之一中國血統。」

我撇着嘴瞪瞪他，還是不信，他笑了：「還是不信？仔細看看我眼珠子，你見過第二個德國人的眼睛有我那麼黑嗎？還有我名字叫Jochen Dong Schon，名字當中有個 Dong 字，就是紀念我曾祖母的。」

也許他不是開玩笑，他曾祖母姓Dong，也許是「鄧」，也可能是台山話的「曾」。我抬頭望他，他正出神地盯着凱旋門外的西柏林。我注意到他褲子又寬又鬆，頭髮很短，他的打扮有點土氣，一定是東柏林人，我忍不住問他：「喂，你還沒有告訴我你為什麼能跑到西柏林去？」

他依舊望着凱旋門那邊，輕聲說：「那是用很大代價換來的。」他指一指門上的四匹馬說：「你還不快點照像，看，多美，落日嵌在馬肚子下面，活像馬踢着太陽向我們跑來！在西方世界，就可以自由地捕捉這種純粹的美感。」

的確，這麼美的畫面不能失之交臂，我抓起相機，他說：「等一等！」他由口袋中取出一面濾光鏡片，套在我鏡頭前面，一面旋一面說：「對着太陽拍要加 ND 濾光鏡。」

我專心一連拍了十多張。拍完回過頭來，他又不見了！回到街上，東張西望，仍然找不到他。他怎麼連濾光鏡也不取回去就走了呢？這個人有點蹊蹺，他說，來去自如是「用很大代價換來的」。說不定他是個間諜！做間諜冒很大危險，代價不小。

第三天，我獨自來到西柏林的凱旋門。這裏擠滿了人，全是一車車巴士卸下來的觀光客。我心中忽然閃過一個念頭：也許我們有緣，他今天會再出現，我可以把濾光鏡還給他，我還要跟他好好聊一聊，他是個很特別的人。

凱旋門旁邊的圍牆下，立着很多鐵牌。觀光客一群一群圍在鐵牌下，聽他們的導遊講解鐵牌上的德文。我聽見有個導遊説的是英文，就走過去。那個導遊指着鐵牌子説：「諸位，許多人為了自由越牆逃過來，喪失了生命。這位年輕的東德攝影家，在一九六九年七月三十日，逃過來的時候，不幸中了地雷，受了重傷，他仍然拼命爬牆過來，可惜他逃到自由的土地上，卻在牌子這裏斷了氣。」

我望着鐵牌，這位死難者的名字映入我眼中：Jochen Thomas Dong Schon。什麼！他也叫 Jochen Dong Schon！這名字中間有個 Dong 字！一九四〇至一九六九。死的時候三十歲！還是位攝影家！會是他嗎？他曾經説過：那是用很大代價換來的。難道是生命的代價？血的代價？換來他魂魄在圍牆東西的來去自如？我取出口袋中的濾光鏡，捏在手裏，心想，我去哪裏找他呢？

蓮花水色

在南韓中部的深山裏，這座不大不小的無相寺，自從列為「國寶」之後，香火忽然旺了起來，本國的、國際的觀光客絡繹不絕，上山來進佛學院的在家弟子大增，剃度出家的弟子也多起來。

流雲和尚自幼就在無相寺出家，在寺裏修行已經三十多年了。現在他任寺裏的監學師，遠近都流傳說他已得老住持真傳。一雙清澈的眼睛，令人見而忘俗。最奇怪的是他容貌豐潤，活像畫裏的唐三藏，俊美如二十許人，其實他已年逾四十了。寺裏眾僧都認為這是流雲童身修煉所致，對他更佩服得五體投地。

流雲除了每天講一兩個鐘頭經、做早晚課外，其餘時間都打坐、靜修，真可謂是心無點塵。僧寮大門外立着兩座浮屠石塔，不時有金髮碧眼、露肩露背、著極短熱褲的觀光女客，圍過去拍照。年輕的和尚路過，都忍不住迅速地瞄她們幾眼，好奇地望一望這些炫目的形體。但是她們對流雲起不了一絲作用，他寶相莊嚴而目不斜視地走過。有一次，寺裏來了位白白淨淨的女工程師，她是文物保管局派來的國寶維修隊成員之一，聲音清脆得像琵琶，穿着繃緊的牛仔褲，跟着國寶維修隊，進了僧寮的大門。雖說她沒有登堂入室進入和尚們的寮房，卻在僧寮的前庭後院走來走去，到處丈量保存了一千年的寮房。眾僧的心弦，像被她潔白光潤的手指撩撥着，發出急促的音符。只有流雲剛焚完香，見女工程師跟着維修隊員在他僧房前，正彎下身看測量儀器，他只向門外掃了她一眼，就像掃了一眼山石、枯樹，當即盤膝坐下，旋即入定了。

可是流雲終於與他的孽緣遇合了。

那個仲夏之日，上完早課時約清晨五點半，他去上茅房，方解開褲帶往坑上蹲去，忽然聽見五米外另一間茅房傳來一陣輕悄的足音，他想：什麼野生動物竟然會鑽進茅房裏去？再一想，不禁恍然大悟，那間是最近為女香客增設的茅房。沒想到竟有香客那麼早起床。

他出了茅房走上斜坡，望見坡上有個女人走在他前面，穿着白衣藍裙，一頭秀髮又黑又直，長到遮住她臀部。她飄動的長髮，令流雲聯想到深山中那座黑色的瀑布。去年一個夏日的破曉，流雲在山中遇雨，走過一座三丈高的細長瀑布，它披散在一塊黑色的巨山石上，水絲在晨曦中閃着烏光。他乾脆不避雨，就在這座瀑布前打坐，任雨淋水濺。等他睜開眼，耀目的陽光射着瀑布的水花，大瀑布已變成細流，他的僧衣也已經乾了。整個人內外舒泰已極，他竟入定了七個鐘頭。

流雲走進松林之中，每天早上他都到這兒來盥洗。眾僧都不用這裏，因為後院的水槽近很多，而且全部現代化，是水泥造的，還有水龍頭。松林中的水槽古樸之至，是整塊大樹幹鑿出來的，比一口棺材還要長，水是用竹節一節接一節引來的山泉。每早流雲盥洗的時候，先輕輕地用木瓢舀一瓢水，以免擾動水面，因為他不願意擾動這清澈無比的山中水，也不願意擾動水中的樹影和藍天。倒影比現實世界還要寧靜，還要空靈，這槽中水令流雲體悟到《大乘起信論》中的「智淨相」和「清涼不變自在義」。

流雲用手抹去臉上的水珠，忽然他瞥見水槽中竟長出一朵白蓮，亭亭立在藍天之中，哪裏有這種怪事？他趕快抹去眼角的水珠，原來不是蓮花，是一張臉的倒影，一張美麗的臉。她與他面對面，中間隔着古樸的水槽，正瞪着一雙明亮的、斜飛的眼睛望着他。流雲合十低頭說：「施主，早。」

她沒答腔，也沒有微笑，只輕而有韻致地對他點了點頭，然後用手指了指他身邊大石頭上的木水瓢。

流雲把水瓢遞了給她。她輕輕地舀一瓢水，在水槽外，用瓢中水沖自己的手。流雲讚賞地望着她，因為她也那麼愛惜槽中清洌的、乾淨的水，所以不直接伸手在槽中洗手，以免污染了清水。她又舀一瓢水，低下頭去喝。黑髮由她背後，瀑布般地瀉到胸前，髮梢在水面上引起陣陣漣漪。她喝完水，抬頭對流雲一笑，然後把瓢遞回來，有意無意間，她的指尖拂到流雲的手。他感到一陣顫慄。有次攀一座高峰，一陣雜着花香的濃霧拂在他臉上，就類似這種感覺，可是遠遠不及這次強烈。可憐的流雲不知自己已陷入孽障之中，因為他一生從來沒有感受過對一個美麗女子的情慾，他心中充滿愉悦地對她説：「這水很清甜，是不是？」

她靦腆地笑了笑，用手指了指她自己的耳朵，再擺一擺手，然後禮貌地對他彎了彎身子，回頭走了。流雲不明白她的意思，愣在那裏，呆望着她的背影。過了一陣子才悟出她不是本國人，所以當然聽不懂自己的話。那麼她是日本人，還是台灣來的呢？烏溜溜的長髮擺動着，在松林中掩掩映映，終於消失了。他想什麼時候會再見到她呢？

那天晚上，他打坐的時候，腦海中出現一朵朵白色的蓮花。由黑色的瀑布上滑下來，消失在潭心的漩渦之中。忽然她的臉夾在蓮花中浮現，岌岌可危地衝下瀑布，他急忙拿着木瓢去舀她的臉，可是怎麼伸手都夠不着。她美麗的臉終於衝進漩渦中消失了。他抖擻精神，盯住瀑布上湧出來的花朵，等她的臉再度出現，真的，每隔十朵花，她的臉就會出現一次，但每次他都救不到她。而且她每次出現，臉上表情都不一樣。她的笑容令他歡喜，她的愁容令他心焦，她微啟的、流露情慾的雙唇令他焚燒，但他總觸不到她。

黑暗的天空出現細細一絲魚肚白時，那口宋朝由中國運來的古鐘敲響之際，流雲斜着身子，橫躺在蒲團上，他的額頭和眼角都出現斑馬線般的橫紋，一夜之間，他衰老了二十年。

窗的誘惑

羅曉妮立在赴澳門的飛翼船上，凝望船尾切割着海浪。白色的泡沫，亂翻亂攪，像是爆裂的雲層，無聲地，在她體內分裂。自從下午見到鴻宇跟那個女人，這兩小時，她內心混亂到極點。所以她逃離香港，逃到澳門去。

下午是在九龍看見他們的，她很少過九龍來。臨時聽說一位中學好友車禍進了醫院，她趕忙向出版公司請了假，過海來探病。走出地下鐵，前面人潮洶湧，正碰上電影院散場，那家專放黃色電影的戲院。

一街男人散發着汗臭，臉上個個掛着迷惘而又不甘心的表情。在晃動的人頭之中，忽然瞥見他在十步以外，他、跟她。剎那間，曉妮像是全身的血液都給抽掉，失去所有知覺。過了幾秒，他們兩人走出了她的視線，她才意識到方才看見什麼——他的手，他的手擁住她肩頭。女的臉背對她，看不清楚是什麼模樣，但卻清楚看見他瞇着眼跟她說話，頭貼向她耳根，他閃爍的眼睛在一瞥中似乎瞧見了自己。

這怎麼可能呢？今天早上，他還那麼溫存，像陽光覆蓋青草似的，全身覆蓋她，雙手護住她的頭，牙齒輕咬她的耳球，一陣陣暖風拂動嫩草，風中傳來他的呼喚：「我生生世世的女人……」就像全世界除了他倆，沒有任何人存在。而他，他竟有另外一個女人。

曉妮隨着人潮茫然移動，根本忘了去探病。她過一道馬路之前，望着紅色交通燈，驀地她醒悟，她所知道的鴻宇，完全是表面的。她知道他是跑政治版的名記者，她知道他各種收入加起來月入達八千，她知道他對代議政制的看法，她知道他的母親昨天跟誰打麻將。但是關於他的內在，她幾乎一無所知，兩個人好了三個月，他從來不提以前的情感生活。二十九歲的男人，不可能沒交過女朋友！但因為他不提，她便一廂情願認定他沒交過，認定他和自己一樣，也是生平第一次全部投入。自己真盲目，也許這三個月來，他一直有另外一個女人，作他白天的情人，而自己是夜晚的。騙得她好苦！

曉妮恍恍惚惚地來到碼頭，望着對面的港島，他們相識相愛的島，悶熱的五月天，灰雲壓集，島上糾結着濃厚的灰霧，三個月來，她在迷霧中自以為享受柔亮的愛情。而港島的霧，不是白的，而是灰得發黑。是的，這一刻她才醒悟，他對她，豈止不好，甚至可說是殘酷。像上個月，她二十四歲生日，本來約好一同去看西片「印度之旅」，吃日本館子，結果一個電話，只說「有事不能來」，直令自己等到半夜兩點才回來。沒有鮮花、沒有生日禮物，沒有道歉，甚至沒有解釋是什麼事。

自己竟也沒有生他的氣，因為遷就他慣了。為什麼那麼讓步呢？現在想起來，都因為他在床上是另外一個人，專注而體貼，令她相信他深愛着她，其他也就包容了。女人真沒用。那麼容易就奉獻自己的心身。

澳門街頭揚起的黃沙，輕輕掩在曉妮身上，她像給灰塵封住了。這反倒好，她需要這層隔絕，把那兩個由黃色電影院中步出來的人影隔得遠遠的。她穿越大街小巷到黃昏，直到腿瘦得走不動了，她見到一家小旅館——月圓酒店——便走了進去。這家旅館有些年代了，外牆砌着小方青磚。

一進房間，自己便倒在床上。房中剛剛才開冷氣，仍然燥熱，她感到一身又濕又黏，好像連心頭都黏滿了汗和塵。她起身，腳步虛浮地進浴室開了冷水花灑，由頭灌到腳地淋自己。這下人才清醒過來，猛然一看，發現自己和衣站在澡盆中，淡綠的衣裙，還有奶罩、內褲全都濕透了。幸虧這是家舊式旅館，浴室裏掛着一條晾衣的尼龍繩。她把衣服全脫了，扭兩下就掛在繩上。

她望着浴室鏡中赤裸的自己，他愛過每一寸的身體。袖珍型的，只有四呎十一吋。他曾笑着説，每次在工藝品店的櫥窗中，看見象牙雕的古典美人，橫陳裸體手掌般大小的那種，就想她。現在日光燈下，皮膚泛着青蒼，她的臉如大病初癒般憔悴，眼珠像兩粒曬得發灰的黑石子。她不願再面對自己的形象，回到床上，緊抱着枕頭，口中囁嚅着、心中狂呼着：「是分手的時候了！他不愛我，他不是真正愛我，他早該告訴我還有一個她。相愛的人起碼應該讓對方知道確實的位置，連這一點也沒做到，他根本不愛我，一定要離開他……」

突然，有人敲門。她緊抱枕頭、置之不理。敲門的人倒很有耐性，不斷地、輕輕地叩着門。她只好起床，扯起白床單，裹在赤裸的身上，去把門打開一條縫。門外是個很年輕的女孩子，高高瘦瘦的。女孩見曉妮繃着臉，嚇得結結巴巴地說：「有個男的找你。」

曉妮往門外望，卻不見有別人。那個高高瘦瘦的女孩一面推門進來，一面說：「他說他在外面等你。」

女孩進了房內，指着窗子，曉妮這才注意到牆上有個圓窗。女孩走到窗前，伸手打開窗，指着窗外。她比曉妮足足高一個頭。這扇窗子開得很高，曉妮看不到窗外，女孩便好心地把小小的床頭櫃推過來給曉妮墊腳。曉妮心想，是誰呢？難道是鴻宇？她踏上了床頭櫃。

窗外是傍海大道，海堤像是條綿延的藕色長蛇，堤上坐着一個男人，面向海、背對她，竟真的是鴻宇！曉妮差一點脫口叫出「鴻宇！」但她卻噤住了口，心想，自己方才不是決定要與他分手嗎？應該不理他才對。她定睛望着他健壯的背部，心中感動起來，他還是愛她的，不知他找了多少家旅館才找到她。也許只是自己多心，他跟那個女的不是由電影院出來，只是普通朋友。她看見他用雙手抱住頭，很苦惱的樣子，忍不住心疼，要叫他。但腦中又閃過另一個念頭：叫他，豈不是自己又讓步了？他明明已經找到旅館來了，為什麼不登堂入室來敲門找她？偏偏要她出去會他？仍要她遷就他？她應該堅強起來，應該硬一點，她抿住嘴唇，沒叫出他名字。

他放下抱頭的雙手，側過臉來，仍不肯望向旅館，西天鮮紅的落霞，映出他的側面輪廓，她看見他在口袋中掏東西，掏出一條鏈子，垂着一顆心型的海藍寶石，映着夕陽，一閃一閃。這是她給他的定情物啊！那是她把自己給他後的第二次。他沒有像小說讀到的男人那樣，過後就翻身沉睡。他把玩着她項間這顆淺藍色的心型寶石，然後把它嵌放在她乳溝中，說：「夾在兩座高峰之間，像山中的湖，真好看！」

「是母親給我的，貼身戴了十年了！它已經成為我的心的一部分。」

「那就把你心的這一部分也給我吧！」

於是她把藍色的心給了他。他像馱玉似的，把這條鏈子繫在腰帶上，不過也只是在第一個月。

見鴻宇把她藍色的心緊握手中，曉妮的心幾乎跳出口腔。她衝動地要伸頭出窗外，高呼他的名字。但她這次又忍住了。因為她意識到自己裸露的肩，身上只裹着床單，而堤上還有兩個男人在聊天，自己一叫，他們一定回頭望她。曉妮基本上是個保守的女孩。她望着鴻宇的側影，心中一陣刺痛，她強勸自己：「要硬一點！這次真的不許讓步！」

她跳下床頭櫃、踉蹌地奔回床上，把頭埋在枕頭中，哭出聲來，她終於哭出聲來了！這次她決定不去就他，但她內心深處已經意識到，以鴻宇的個性，他是不會進來找她的，兩人咫尺天涯，僵下去，這就完了，完了！她痛哭着，昏昏沉沉地哭下去……

也不知道哭了多久，一半昏迷、一半清醒，也許入睡過。她感到哭累了，心中仍掛念着他，也許他已經走了吧！在床上轉過身來，望向窗子，這一下子，曉妮傻住了！那一面牆根本沒有什麼圓窗，而是一大片窗簾！她赤身跳下床來，跑到窗簾旁邊，啟開窗簾一角，望向窗外。窗外是街道，對街是商店，仍還開着店，在夜色中亮着燈。窗外根本不是傍海大道，也沒有堤岸。

曉妮楞住了，鴻宇到底有沒有來過呢？是方才看錯了街景，還是自己做夢呢？她往回走，腳卻踢到床頭櫃，曉妮又呆住了，如果是夢，床頭櫃怎麼會跑到窗下邊來呢？那麼是真的，鴻宇是來過了！忽然，她心中戰慄一下，抬起頭，床頭櫃的正上方，由樑上垂下一條繩子，下端圈成一個圓。

曉妮倒退兩步，這明明是個上吊的佈置！是誰想自殺呢？難道自己在半昏迷之中，曾打算自殺過？可是自己明明沒有做過啊！難道是那個高高瘦瘦的女孩要自殺？她想起來了，女孩削尖的臉上有一絲悲戚。

她要找女孩問清楚！曉妮往門口衝去，手握住門把，才想起自己一絲不掛，就趕忙到浴室去。只見她的衣服散落在地上，那條尼龍繩不見了。她想起來，那條尼龍繩就是樑上垂下來那根啊！她忙把地上的濕衣拾起穿上。

她匆匆走向櫃台，裏面坐着兩個女的：一個是中年婦人，另一個是十五、六歲的少女。獨不見那個高高瘦瘦的女孩。曉妮問說：「昨晚你們有沒有人來過我房間？」

中年婦人說：「小姐，你弄錯了，你是今天下午六點才住進來的。」

曉妮改口問：「方才你們有沒有人來過我房間？」

兩個女的對望了一下，然後不解地對曉妮搖搖頭。

「我是說，那個高高瘦瘦的女孩子來過。」

驚慌在兩個女人的臉上掠過，中年女人忙問：「你說你見過誰？」

「那個臉尖尖的女孩，她在哪裏？」

中年女人立刻起身說：「請你等一等，我去找經理，替你換房間。」

曉妮莫名其妙地望着中年女人的背影，狐疑地問少女說：「是怎麼回事？」

少女壓低了嗓門說：「上個月，就是那個女孩在你房間上吊的，也有別人見過她……」

曉妮呆呆立着，張口結舌了好一陣子。心中終於好不容易理出一個念頭：「當他握住我藍色的心的時候，如果我伸頭出窗外叫他，會有什麼結果？」在曉妮內心深處，她清楚知道：感情的狂飆差一點毀了她，生死一線，是她那一丁點殘餘的自尊救了自己。

九彎十八拐

任之豪在北宜公路上朝宜蘭方向急馳。天已經全黑了。過了坪林，一路上山。自己的車燈照出前方是一個大斜坡，他使勁把油門踩到底，那輛喜美車便像飛機起飛一樣，衝上坡去。他開快車，是因為心中氣悶，傍晚出發之前，與小婉吵了架。她竟然說：「那你就去，去蘇澳工作！那麼不重視我們之間的情感，我又何必全心全意對你？找我的人多的是！」

哼！「找我的人多的是！」他對朱婉可以說是忠貞不貳，一年來沒有約會過第二個女孩子，而她竟然說：「找我的人多的是！」女孩子真是短視，全公司十多個工程師爭取這次蘇澳國中包工的總工程師職位，他既然爭取到了，怎麼能夠不去？

任之豪逕自生着氣，沒有注意到已經開始走下坡路，車因為下坡加速度，愈馳愈快，車燈探射的前方，突然出現一個大轉彎，他趕忙踩煞車，拐彎的時候，仍然飛快，竟開到路邊泥地上，車差一點摔下山崖去，四個輪胎磨地吱吱作響，驚出他一身冷汗。於是他把速度放慢到三十公里。這時他看見車燈射出的光洞中，遠遠的路邊有個人影，是個女的，她朝他的車招手，手臂纖細而白皙。她穿一件輕飄飄的衣裙，黃白綠三色，圖案像草原上一片野花。看得出身材嬌小玲瓏，柔柔的黑髮披在肩上。任之豪體格魁梧，個性豪爽，他最喜歡這類嬌小型的女人，他想：「小婉，妳好！『找我的人多的是！』哼，合我心意的女子天下也不只妳一個人！」

於是他嘎一聲把車在女子身邊煞住，伸出右手，把右車門推開，那女子側身坐了進來，她自己關上車門，他就回頭把車往前開，一面問她：「小姐，妳去哪裏？」

他側頭瞥她一眼，她頭朝右方望出窗外，因此看不見她的臉。奇怪的是她一直默不出聲，沒有答他的話。任之豪想，這小姐真害羞，不知長相是不是清秀型的？方才車停下來的時候，她站得離車身很近，透過右邊的車窗，只看得見她的身子，小小的傲然的胸部。她坐進來的時候，臉又朝外，所以始終沒見到她是什麼長相。

他又問：「是不是去宜蘭？」

她仍然不開口，這女人是怎麼回事？任之豪又瞥她一眼，她仍然面朝右，只看見她烏溜溜的黑髮，髮上有些綠線一樣的東西，他忙回過頭來，因為前方又出現一個急轉彎，差不多有二百六十度，他過了這個彎猛然想起，那綠線一樣的東西是草，這小姐頭上怎麼會有十多根草？

雖然他沒有望着她，仍然能意識到她還瞧着窗外，不肯回頭，她是有意不讓他看見她的容貌吧！這挑起了他的好勝心，他左手持住方向盤，右手把前上方的後視鏡移向右邊，這樣至少可以看得見她的側面。他雙眼朝鏡中瞥去，怪哉！仍然是只見頭髮不見臉，臉在陰影之中，幽幽暗暗的，連側面輪廓都看不清楚。然後他轉念一想，這也難怪，這山路太暗了，連一盞路燈也沒有，車裏更暗，當然看不見她的臉。

遠遠路邊右方，出現了燈火人家，路邊還立了兩盞路燈，可是開到哪裏，任之豪卻無暇看鏡子，因為前面又出現一個急轉彎，加上是個下傾的陡坡，他只得專心一致開車，轉過彎來，車前一陣落山風，他車燈射出的光圈之中，有無數張帶金點的黃色小紙片在飛揚。這是冥紙！他想方才一路上，路邊處處見到這種紙，只是自己沒有注意。他頓然想起：這裏是著名的「九彎十八拐」！以車禍多出名，以鬼多出名，所以不少開車路過的人，都在路上撒冥紙，以求一路平安。搭便車的這個女子，這個一聲不出看不見臉的女子，那麼怪異，會不會是……正想到這裏，他聞到很濃重的臭味，不應該是野外飄進車廂的氣味，因為自從那女子上了車就有這種氣味，只是一直很淡，現在才濃起來。像什麼呢？像小學去鄉下郊遊，路邊樹叢上吊着一隻死貓，就是那種臭味，不，比那還要難聞！天，難道是屍臭？她髮上的草，是不是墳頭草？為什麼一路上前面後面沒有第二輛車？

任之豪心中發毛，不敢再望那面鏡子，握方向盤的手掌直出冷汗。突然，他轉念一想：這種東西，你不能怕它，他媽的，越怕它越欺你。於是他鎮靜下來，深呼吸兩下，沉聲說：「小姐，我不是去宜蘭，所以妳不如搭另一輛車，我可以給妳車錢。」

他嘎一聲猛然在路中央把車子煞住，然後迅速地由口袋中掏出一張一千元的鈔票，扔在她膝頭。她仍然靜靜地坐着，車外是無窮的寂靜，以及黑黝黝的山林，他感到那股陰森惡臭就要撲到他臉上來了。任之豪咬緊牙關，不許自己發抖，大喝一聲：「下車去！」

他眼角看見她左手握住鈔票，右手打開車門，緩緩地下了車。他把車門用力拉上，正打算開足馬力逃離這個地方，卻看見她一閃身擋在車前面。他嚇得動都不敢動。她的舉止怪異極了，只見她展開那張千元鈔票，在右車燈之前，低頭仔細看。難道她只收冥錢？她背對着他，所以仍然只見到她的黑髮，髮上的野草，車燈的強光打在她衣裙上，他才看清楚不是什麼花草的圖案，白底上是污泥一樣的黃漬，陰溝水一樣的綠痕，活像方由墳裏爬出來。然後倏地，她隱身入路邊的黑暗之中。任之豪開足馬力，直往前衝……

＊　＊　＊

這個北宜公路上的傳說，有很多種結局，以下三種，不知道你會挑選哪一個？

A

任之豪一路上，心驚膽跳地急馳出山，他把車窗全都打開，車中仍然一直瀰漫濃重的臭味，當晚他到了蘇澳，躺下來就有兩個月沒能起床，得了急性肺炎。總工程師的位置只好放棄了，所幸朱婉對他細心照料，他才能完全康復。

B

任之豪心驚膽跳地開車直闖，拐過了另外一個急轉彎，赫然那個女人又出現了，直立在路中央擋住他的車，車燈直照在她的臉上，屍體腐爛到一半的那種臉，滿臉的腐肉，蛆蟲在爛鼻子上爬進爬出，一隻眼爛到剩下黑漆漆的眼洞。他大叫一聲，車子斜開出去，落入路邊崖下的深淵，北宜路上又添一名新鬼。

C

兩天之後，任之豪辦完了公事，在下午大白天由蘇澳開車回台北，不過開車的不是他，是前一天由台北趕來的同事。車經過「九彎十八拐」，任之豪又看見這個女人站在路邊攔車，穿同一件髒衣服。他們沒有停車，不過經過的時候，任之豪仔細打量她的臉，長得不好看，小眼睛，大鼻頭，齜牙裂嘴地傻笑。他頓時明白，她原來是個神經病患。任之豪回到台北當晚即向朱婉求婚，她辭了工作隨他去了蘇澳。

墓碑

早上九點鐘左右，漫山秋草的墳場靜悄悄的，這不是清明時分，也不是重陽時節，當然沒什麼人來。只有一家人來拜山，陳順仔帶着他胖墩墩的太太，以及兩個兒子，在他父親的新墳之前祭拜。

陳順仔把太太兒子送上了巴士以後，又回到墳場，走下石階，來到墳場的一角，那兒有座小小的磚房子，門邊掛着店牌「陳記碑石雕刻」，他打開門鎖，走到店中央。裏面跟十二年前差不多，地上排滿了一列列無字的碑石，只是石上蓋着薄薄一層灰沙，碑有大有小，各種質地、各種顏色的碑石，如今這些石頭和這家店全部屬於他了，父親一個月以前心臟病去世，他由菲律賓回來奔喪，辦好了喪事，又回菲律賓，直到昨天他帶着家小行李再回到香港，此後就定居了。

陳順仔在父親的寫字枱前坐下，他三十出頭，仍然是個好看的男人，只是臉上表情帶點淒苦，他不住抬頭望出窗外，那棵如傘的鐵力木大樹仍然屹立在窗外，他一雙黑白分明的眼睛像是給什麼刺了一下，合了起來，有些傷痛是時間抹不去的。這棵樹突如其來地勾起他藏在心底的記憶。就在這棵樹下，他初識慧敏，就是在這棵樹下，他們擁抱過。大概極少人像他們一樣在墳場談戀愛，可是對他們而言，卻是再自然不過：因為他們兩個人從小就與死亡為伍；他十二歲已經開始在墳場邊父親的店裏刻墓碑，而她，是世界殯儀館老闆的女兒。

那年他們兩個都十八歲，他第一眼看見她就着了迷。當時他就在這棵鐵力木樹下坐着小櫈鑿石碑，她由一列送葬的隊伍中向他走過來，手裏拿着一疊墓碑的訂單，鵝黃的真絲襯衫蕩着金陽。他迷上她有太多的理由了，她長得漂亮，個性活潑，聰明伶俐，黑裏俏的臉上斜飛的雙眼光彩四射，飽滿的唇小番茄一般誘人。但是她為什麼會看上他呢？跟她交往了五個月，自己仍舊找不出充分的理由。她是書院女[1]，自己只讀到小學畢業；她父親開的殯儀館規模全香港數第一，他只是個刻墓碑的小工匠。他知道自己長得帥，憂鬱小生型，但光憑外表，慧敏這種女子怎麼會死心塌地呢？也難怪她後來放棄他了。她父親發現他們交往後，表明反對，她就冷淡下來。他夜夜到九龍塘她家的豪華住宅外徘徊，她沒有出來會他；他一天寫幾封信去，她也不回。三個月下來，他憔悴得不成人形，終於得到他父親的諒解，離開香港飛去馬尼拉，到叔父的碑石店去工作。

陳順仔整理桌上一疊急待趕工的訂單，赫然發現其中一單是「韓慧敏之墓，一九五七年八月二十七日生，一九八七年二月四日歿」。

這韓慧敏是他的韓慧敏嗎?他擁有她也只有五個月的時間。出生年月日全對,真的是她!她怎麼會死呢?那麼年輕!沒有冠夫姓,難道一直沒有結婚?他忙把小信封之中的照片抽出來,那是嵌在墓碑上方用的。這張照片他太熟悉了,十二年前她送過一張給他。為什麼他們家挑這張舊照片呢?也許因為拍得特別秀氣。記得上飛機前一晚,為了淡忘她,他把她的照片、信件全燒了。

他再看訂單上出殯的日期,竟是明天。陳順仔呆坐了很久,忽然他由椅子上彈了起來,匆匆地在碑石之中穿來穿去,終於找到一塊最貴重的意大利赭紅大理石。他旋即用小推車把這塊碑石運到大樹下,坐下來開始在碑上打字稿。他摸着光滑的大理石,淺褐中泛着粉紅,顏色有點像她的肌膚,恰如那一夜,他背靠着堅實的樹幹,懷中擁着她,撫摸她光溜溜的臂膀。他用鑿子在大理石上,一鑿一鑿地雕上她的名字——一鑿一鑿,他就曾那般一波一波地吻她,要在她唇上、頸間、胸部,全鑿上他自己的印記。鐵力木大樹立在半山坡，月光之下，四面全是影影綽綽的墓碑，整座山上一絲風也沒有，只聽見他們兩人咻咻的呼吸聲，他們沒有更親密的舉止，總覺得如果只是擁吻，圍在旁邊一圈圈的鬼魂是不會見怪的，說不定還很羡慕；可是如果真逾了矩，就對他們太不恭敬了——他們之中大半都是保守的。

傍晚陳順仔回到屋村大樓的家，忽然覺得一切都非常陌生，孩子喧鬧得像街頭的野孩子，他像從來沒有見過他太太似的打量她，現在才悟出娶這個不識中文的菲律賓華僑，仍與慧敏脱不了關係：他娶她，是因為她個性被動，沒有主見，與慧敏剛好相反；他娶她，還因為她雙唇鼓鼓的，像慧敏。上了床，他睡不着，太太的手臂在睡夢中伸過來摟住他，他立刻把她的手臂移開。

第二天清早他就到那棵大樹下，一面守候送葬的行列，一面用金漆描慧敏碑上的字。下午一點出現了一隊二十多人，有五六個披麻戴孝的青少年，這一定不是。到了三點多，又出現一隊行列，送葬的人只有三個。他想，這也不會是慧敏，她活潑外向，朋友一大堆。忽然他看見三個人之中有個熟面孔，是慧敏最好的朋友申小姐，記得慧敏帶他去跟申小姐吃過一次潮州館子，替她餞行，因為申小姐要去英國讀書。他遠遠跟着他們到墓穴去，棺木倒是上好的楠木，但他還是不相信，這個楠木棺中放的真是慧敏嗎？活生生、嬌俏的慧敏嗎？他心中忍不住納悶，怎麼那麼少人來送？

等工人把穴填上土，三個人往墳場外走時，陳順仔走到她旁邊喚：「申小姐！」

她站住疑惑地瞪住他良久，才吃驚地說：「順仔，你怎麼知道來送她？」

「不是，我的店就在那邊，前天才由菲律賓回來，告訴我，她怎麼死的？」

「得急性肺炎。他們把她送到醫院，第二天就過了身。死了之後，她家才接到通知。」

「什麼？什麼他們？什麼『接到通知』？是誰送她去醫院？為什麼她家裏不知道她送醫院？」

申小姐恍然大悟說：「啊！對，你不知道，慧敏一直在青山精神病院。」

陳順仔呆呆地望着申小姐，精神病院？心想慧敏那麼多人追求，怎麼可能沒有圓滿的家庭？她怎麼會進了精神病院？

他的心開始往下沉：「她……她什麼時候……進去的？」

她嘆一口氣說：「對，原來你是什麼都不知道。你去菲律賓以後沒幾個月就進去了。你知道，她父親發現你們來往，非常生氣，加上她不顧一切與父親爭吵，他就把她關在殯儀館一個小房間裏，一連關了四個月，即使她從小習慣那環境，也受不了的，等她父親知道你去了菲律賓才放她出來，出來的時候已經不正常了。她出來後兩個月，剛好我由英國回來過聖誕節，去她家探望她，她已經認不得我了，只重複一句話：『順哥會不理我的，他不知道我對他愛得有多深……順哥會不理我的，他不知道我對他愛得有多深……』」

陳順仔一個人跪在那堆新墳之前，臉紙一般地白，淚痕縱橫。也不知跪了多久，他忽然意識到太陽已落到山頭了，山風鞭打着枯草，他趕忙回到大樹下，用推車把慧敏的墓碑運到她墳前，再點上香燭祭拜。天全黑下來的時候，他一身疲憊地回到店裏，趴在寫字枱上睡着了。

他抬頭望見窗外隱約有個女子在探頭，一雙斜飛的鳳眼很像慧敏。順仔拔腳衝出門去。果然是她，立在鐵力木大樹下，仍穿着那件鵝黃色的真絲襯衫，不過襯衫上又是皺紋，又是污漬，她望着他，眼神脆弱如易折的蘆葦。他一把抱住她，她幽幽的聲音傳入他耳中：「順哥，我一直在等你，那個小房間好陰森，我怕！」

他衝口而出：「別怕，我陪你！」

他們牽手穿過大樓裏一間間靈堂，黑色的帷幕悄然揚起，露出裏面深褐色的棺木，一陣陣輕輕的扣木聲，是棺材裏的人在掀棺材蓋吧！他們來到頂樓一個狹小的房間，那裏只放着一張小床，壁上的油漆正在一片片剝落，順仔看見她關在這麼簡陋的小室裏，很心疼。他把她抱上小床，用火熱的唇，燙乾她的淚水；用他心頭身上的火焰，來溫暖她冰涼的身軀。

當陳順仔再睜開眼睛的時候，刺眼的陽光之下，只見面前聳立着一個女人和一個小孩，是他的太太和大兒子。兩個人目瞪口呆地望着陳順仔，因為他滿身沾了泥，躺在慧敏的墳上，雙手摟住赭紅的墓碑，抬眼望着他們，臉上現出詭異的笑容。

1
「書院女」是指香港八十年代以前優質女子中學的女學生，這些書院管教嚴明，施行英式教育。她們大多英語流暢，能言善辯，學養兼備。

百元鈔票

太古怪了，真的有人在大街上撒錢。一年以前我做過類似的夢：紅色的百元鈔票漫天飛，還落得一地都是，我俯身一抓，就從地上抓到五張。在真實生活中卻沒那麼容易：街上擠了一大堆人在搶，一兩百人形成密實的人牆，鈔票在人群上空飄落，像撒在新娘新郎身上的彩紙。我往前擠，奇怪的是，以我跆拳道三段的身手，居然打不出一條路。旁邊一個八九歲的小孩，用手一推，我就倒在地上。近來怎麼這般虛弱？

我才不稀罕幾百塊錢，我擁有三家KTV、一家賭場、五棟房產。

啊！我上空飄來一張，跳起來一把抓住，是全新的台幣百元鈔票，好樂！好樂！我踮起腳來看這個撒錢的呆瓜是誰？他立在人群當中，個子非常高，滿臉橫肉，他竟是個銅頭老大，從來沒見過他表情這麼惶惑。就是他，就是他派人來殺我的！保鑣方打開車門，我一腳踏下車，他的手下就衝上來一槍！我要報仇，要殺銅頭老大，可是這人牆根本擠不進去，有人一腳踢中我胸口，我跟跟蹌蹌一直退到亭仔腳，跌坐在陰影中，人虛弱的時候，連恨意也削弱了。

現在我看見了，銅頭老大正在燒冥紙，黃色的紙錢一騰空，轉個身，就化成紅色的百元鈔票。我打開手掌，卻看見掌心的百元鈔票一閃，就不見了，像破了的肥皂泡。是的，什麼都抓不住的，這裏沒有銀行，沒有館子，沒有 KTV，這裏鈔票根本沒有用，燒紙錢、燒賓士車，全只是陽世的迷信。我們只是一直虛虛浮浮地在飄，在這個不實在、卻又存在的形體之中，只充塞了回憶——還不出債來老韓上吊的嘴舌、阿母戚苦面容上的淚珠。還有，我腦部中槍綻裂時的驚恐。

觀水

曉日柔和的光線射在小沙彌通紅的雙頰上，他正在殿前用大掃把掃地上的黃葉，心中卻想念着山中那一口深綠的潭水。這口潭離他的家只有一里路。才一個月前還在潭中游泳，清涼快活，現在卻給家人送來這座小寺出家，過這種嚴格枯燥的生活——誦經、掃地、打坐——更何況師父總是冷冷的，話也不多說一句，想到這裏，他望向庭院一角師父的僧房，卻看見一種奇異的景象：窗子向外打開的木扉上閃着粼粼的白光，有點像正午太陽射在潭面上的波光。小沙彌放下掃把，躡手躡足走到窗前，探頭望房內，二十五尺見方的室內，不僅師父不在，連木板地、蒲團、矮几、冂字形衣架，全都不見了，地上卻有一池淺淺的水，齊門坎那麼高，透亮透亮的清水，逗得他禁不住想漂水花，他在深山的潭邊練出漂水花絕技，有石片彈跳七下的紀錄呢！當下眼睛往身旁的地面搜索，牆腳草叢中有一小片深紅色的、薄薄的瓦，拾起來伸手入窗裏，把瓦片平投出去，波、波，漂了兩下，他開心地笑了，再想不對，萬一給師父看見自己頑皮就糟了，他拔腿就跑。

光師父盤坐蒲團上，他又入定了，閉着雙眼，他清癯的相貌，無比寧靜，他清楚看見自己身體各處紅色的血水在大小粗細的血管中行走，淚水在淚腺裏蓄而不發，舌下腺正流出少許津液到口中，輸尿管中有幾滴淡黃的尿液正緩緩流向膀胱，還有許多帶垢的小水珠正從汗腺末端的毛孔滲出來。他閉目由觀身內轉為觀外界，看見空氣中飄浮無盡的、肉眼看不見的小水粒，他看見百川、大海，甚至看見許多其他的世界，是不同的佛所護持的世界，那兒透明如水晶的大海散發着沉香味。光師父睜開雙眼，他正要出定，忽然他感到右胸有一個定點劇痛了兩下，用力吸入一口氣，疼痛稍減，心中光電一般反省：自己歷經多少輩子終於修到阿羅漢的境界，前業已盡消，身體應該不會有病痛，是不是修行退步，又有業產生了？這時看見小徒弟在窗外瞪着圓眼睛探頭探腦，他說：「進來。」

小沙彌雙手合十拜完師父，訝異的眼睛骨碌碌地掃着地面，衝口而出問：「師父，水去了哪裏？地下怎麼一下子全乾了，剛剛這裏還有一尺深的水，很清的水呢！」

光師父狹長的眼中的水光一現，恍然知道原來是小徒弟調皮。他問：「方才你還做了什麼？」

小沙彌臉紅了：「師父，我錯了，方才我玩了漂水花。」

光師父胸口又抽痛兩下，他現在知道問題出在自己仍有體內、體外之分。他平靜地對徒弟說：「明天早上，你再看見水，就進來把瓦片取出去，放回原位。」

第二天一早小沙彌遵師命又到師父僧房的窗口張望，果然地下跟昨天一樣，積了一尺深的清水，家具也不知道又搬到哪兒去了。那塊小瓦片就在門旁邊的水裏，清冽的水中那麼一點赤色。他打開門進去，涉水把瓦片拾起，放回外面牆腳草叢中。

這次光師父出定之後，胸口的疼痛消失了。

一個月以後，在深秋寒涼的空氣中，小沙彌在庭院清掃地上積的一層枯葉。抬頭望見師父僧房的窗口又出現了異常現象，這次不是木扉上水光粼粼，而是整個窗框裏面都是亮晶晶的，裏面還閃着紅色的小光球，綠色的小光棒，他放下掃把躡足走過去。哇，師父又變戲法了，由窗口望進去，滿屋子都是水，一直滿到天花板，可是窗子像裝了一道透明的牆，水沒有流瀉出來。水中還有幾尾紅色閃金的小魚在游泳，地面有綠色的水草在款擺；像過了多少劫以後，那種水族館裏參觀者欣賞魚和珊瑚的玻璃窗。小沙彌滿腔懷念起山中那口潭，他在清涼的潭中潛泳時，看見過水底的水草，也遇見過小魚，鱗光閃爍。他忍不住深深吸一口氣，縱身跳入窗口。

小沙彌置身在一大片水域之中，這水比山中的潭還要深、還要廣，他看見水底的沙地上開滿各種不知名的、半透明的花朵，色彩明豔，隨着水流輕輕舞動，各種顏色的小魚在他四周陪着他游泳，不遠處還有一條像山一樣大的魚經過。真是太多新鮮玩意了！但是他快憋不住氣了，回頭往窗口游去，旋即衝出窗口，摔在庭院的泥地上。今天怪事特別多，他的手上、臉上居然沒有水珠，僧衣也是乾的。他趕忙抬頭往窗口望，坐在地上的他只看得見屋內的上半部分，不僅裏面沒有水，還清楚看得見衣架上端披着師父的僧袍。他爬起身來，湊近窗口，師父正盤腿端坐在蒲團上，方才不是一屋子的水嗎？自己是不是在做夢呢？

這時光師父回過頭來，瘦長白皙的臉上流露出溫煦的微笑，對窗外瞪着一雙大眼睛的小徒弟說：「寺裏和山裏是不是一樣好玩呢？」

參考資料：見《楞嚴經》「月光童子」一則。

後記：極短篇小說的五種面貌

自從我在一九八一年開始寫極短篇小說，到現在已經三十年了。這本集子中大部分作品寫於一九八一至一九八五年間，那三、四年我是試着以極短篇來磨練自己寫短篇小說的能力，磨練我寫小說的基本功夫。

「極短篇」是一九八〇年代台灣的《聯合報》副刊採用的詞語，它是指一千字以內的小說，當時「聯副」主編瘂弦常常登極短篇稿，包括中文的創作，以及外國名家寫的極短篇之中譯文。因此我寫了不少一千字以內的極短篇，發表在「聯副」上，以及《中國時報》的人間副刊上，並且同時在香港胡菊人主編的《百姓》雜誌上發表。這種超短的短篇小說有其他名稱，如「小小說」、「掌上小說」等，一千字其實只是「聯副」規定的字數限制。我認為在二千五百字以內都可以稱之為極短篇，因為超過二千五百字就有鋪陳的餘地了，就可以有短篇小說的格局了。鋪陳是指比較詳盡的描述，如寫一個人物，他的服飾、表情、動作和內心思緒都可以細寫。

短篇小說與極短篇小說的差別，主要是在前者有鋪陳，後者很少鋪陳，因為字數太少，做了鋪陳就不能表現其他的小說要素了，如人物塑造、故事情節、時空背景的交代等要素。除了鋪陳以外，短篇小說有千萬種面貌，極短篇也就有千萬種面貌。我這篇後記的題目是〈極短篇小說的五種面貌〉。在千萬種面貌中只談五種，因此只是探討極短篇寫作的一個小小橫切面而已。這五種面貌是：結尾的大逆轉、觀點決定內容、時光說的故事、心理層次的呈現、由現實進入夢幻。

一、結尾的大逆轉

許多極短篇的效果，往往是在故事結尾處來一個大逆轉而產生的。也就是說，作者在寫這極短篇的時候，會致力於把讀者帶引到某一個方向去，但到結尾時來一個出乎讀者意料之外的大逆轉，因此會給讀者帶來一種驚奇感。像是〈車難〉中，我營造人物關係、事件、地點，引導讀者跟着男主角陳春雄一同擔心，到底他的女朋友正美是不是在落到橋下的前五節車廂之中呢？到底她有沒有受傷或罹難？到結尾時陳春雄竟發現，跟他一同埋頭救同一個人的就是正美。這是意外的驚喜。

〈正室側室〉中，我試着引導讀者去觀看香港富豪家族正室與側室之間的鬥爭。第一代的一夫二妻都已經過世，第二代兩家人在清明節的墳場上鬥來鬥去。我用的語調相當客觀，甚至有點嚴肅，因此當讀者讀到側室的兒子在父母的墓前埋盒子的時候，會以為他送父母的禮物是珠寶或小件古董之類的。沒想到他埋的是一種荒謬而滑稽的東西。這個大逆轉令小說在結尾處一變而成黑色幽默小說。

〈永遠不許你丟掉它〉用了烘托手法烘托出一種氣氛，令讀者進入那種氣氛之中，就是在寒冷的大宇宙、大環境中，愛情帶來了溫暖。在冬天露天的公園中，長椅上一對情侶藏在男友的大衣中談情說愛；公園清潔工人在冷風中懷念過世的妻子，想起他們暖烘烘的被窩。結尾的大逆轉是，清潔工人在水溝中拾起一張女孩子的照片，背後那女孩子寫給她男友說：「永遠不許你丟掉它！」顯而易見，這張照片顯示他們的戀情一定已經結束了，男友清皮夾子就把她的照片扔了，一點也不珍惜。她寫的這一行字，對他們一度的戀情，對前面溫暖營造的愛情小天地，實在是一大諷刺。

在處理這種結尾大逆轉的時候，也要小心，因為故事很容易流於膚淺，只交代一個意外的結局，沒有深一層的意義。〈住店驚魂記〉就有這種毛病，所有營造的危機都只是源於一種誤會而已。然而〈車難〉就應該令人回味，因為陳春雄與正美都是純正善良的人，他們喜悅的、意外的重逢，是不是因為老天的眷顧呢？〈永遠不許你丟掉它〉在短短的幾百字內，展現了愛情兩極的面貌，愛情可以抗衡寒冷的世界，但愛情本身也是脆弱的，燃燒得烈，熄滅後可以降到零度。

二、觀點決定內容

小說的故事由什麼人的角度來敘述，或由什麼人的角度來觀看，會令小說有不同的面貌和內容，這就是觀點決定內容。這是由於每一個人作為敘述者、觀看者，都會把他的主觀帶進來，主觀的看法是會帶有自身的文化、成長背景、自身的感覺，甚至自身的偏見，所以內容就會不一樣。

〈星光夜視望遠鏡〉和〈小野貓〉都是由不同的觀點來陳述同一個故事。這兩篇小說的不同點是前者用了兩種觀點，它們有同時性，在同一個時間框架內來看同一件事；〈小野貓〉是線型的，接力式的，先後用了四種觀點，一個接一個地把故事說完。

〈星光夜視望遠鏡〉中出現了兩種觀點：一種是南台灣墾丁海灘海防碉堡中駐守兵士的觀點；一種是墾丁公園中一對男女之中那位男士的觀點。兵士是透過望遠鏡來觀察那對男女的動作。因為那是遠距離的觀察，聽不見那對男女說的話，只能靠他們的動作來猜測發生了什麼事，所以會有誤解。由於兵士最想看到的就是情侶的熱情動作，而這對情侶中的男士試過擁抱那女子，卻被推開，以後兩人就一直坐着說話。因此由兵士的角度看，這個男子太窩囊了。但由男士的角度來敘述他們兩人之間的愛情故事，就很哀豔淒美。由於兩種角度的反差很大，更能襯托出這對情侶之間的深刻愛情。

作為一個好小說家就要能夠進入不同的人的內心，來看外在的世界，這樣才能把筆下的人物寫活。〈小野貓〉是講一隻死去又活過來的野貓之故事。第一個說這個故事的人是美國中上流社會的白種人太太，第二個觀點屬於美國窮人階級的白種人老太太，第三個觀點屬於兩個美籍華裔小孩，第四個觀點屬於那隻小野貓。前兩種觀點又可以展現美國兩種階層的人之心理和生活情況。當我寫小野貓觀點的那一段時，一面寫一面笑，因為試着由貓的觀點來看這人類世界、動物世界，是很好玩的。胡菊人曾這樣評〈小野貓〉：「在小說中『轉換敘事觀點』就等於駕汽車時改線，非常危險。但作者在這樣短的篇幅中，連換了四次線，等於是在香港海底隧道轉了四道汽車線。」〔註〕

〈陰影〉是我的少作，在我讀東海大學的時候，發表在《文星》雜誌上。我把它列在「觀點決定內容」這一類型中，是因為由我現在的角度看，當年的我的確用了一種觀點，就是二十一歲的我之觀點。其實那時還不懂得採用觀點，只直接把自己的感覺寫出來就是了。〈陰影〉寫的是我的同班同學陳弘明患急性肝炎病逝的事。這件事如果現在寫，會用不同的觀點，會比較客觀地看這件事。

三、時光說的故事

在一篇小說中，尤其是極短篇，時光可以成為主要的因素。時光可以加速推動故事的進展，像〈美麗的錯誤〉；時光可以為同一個事件，變出不同的故事，如〈梨花和劫匪〉；時光的交叉，可以令過去影響到現在，改變了人的生命，如〈四合院〉。

在〈美麗的錯誤〉中一共有五個時段。如果是寫短篇小說，每一段二千字，五段就是篇一萬字的短篇小說了。我當時想如果只細寫第一個時段，後面的四個時段就可以簡短，那麼就會是極短篇的格局和篇幅了，而且五個時段的篇幅越來越短，會有一種節奏感。第一個時段中除了描寫他們之間的愛情故事，還顯示出何潤豐和葛麗絲李兩個人文化上的、政治看法上的、個性上的差異，因此以後四個時段中他們的歧異和離婚也就順理成章了。這是一個透過時間來說的故事。

〈梨花和劫匪〉是寫於一九八〇年代，講一個任編輯的女子在九龍被打劫的事。事實上，這是真人真事，梨花是我一位任編輯的女友，珂西多少就是聽她講這段打劫事件的我自己。一個單獨行走的女子被搶匪打劫本來就是很可怕的事，對她而言是極其恐怖的。第二章「劫案前二十秒」描述了她的心理，就是一般劫案的寫照，但是這個案子與一般不同，搶匪是十三、四歲的小孩子。因此，我可以用時間的差異來寫兩個對照的故事。第二章是驚悚故事，第一章則是黑色幽默故事。過了兩個多月，當事人那時經歷到的恐怖已開始淡忘，她才能看到這個事件可笑的地方，這是時間對人類心理造成的影響。

〈四合院〉用的地方背景是由名建築師漢寶德設計的墾丁青年活動中心。我於一九八六年與好友余光中夫人范我存、瘂弦太太張橋橋、出版家姚宜瑛等去住過一個晚上。我們在現代版的四合院小廳中，圍着一張方桌坐在長板櫈上談話，范我存、姚宜瑛竟滔滔不絕地說了四小時的話，談的都是她們在大陸的童年、少女時期的生活點滴。我想這奇異的現象是因為墾丁四合院的空間，令四十多年前的時空，由她們的記憶搶闖而出，令那個四十多年後在台灣的夜晚成為回憶之夜。就是因為這個經驗，我構思了這個過去影響現在的故事：〈四合院〉。

一九四九年國民黨遷台，許多人的命運起了很大的變化，大多數的人沒落了，白先勇的《台北人》對此着墨很多。〈四合院〉的男主角魏心堂在生活和地位上都沒落了，他在大陸時是大富人家的大少爺，尤青青是他家總管的親戚，尤青青嫁入魏家應屬高攀。但到台灣後，魏心堂只做個公務員，尤青青看不起他，夫妻的關係總在冷戰。而墾丁四合院的空間，成為時光之門，他們得以重新經驗以前的奇遇，過去的疑點也得到澄清，因此他們之間重建了溫馨的關係。這是一個過去影響現在的故事，時光的故事。

四、心理層次的呈現

好的短篇小說大多表現人物的心理層次，而極短篇則因為篇幅的關係，比較不容易做到。我也試着在這一輯的極短篇之中呈現小說人物的內心世界。〈一碗飯〉表現的就是那位婆婆因為在童年的時候，沒有幫助她身陷危難的姐姐而自責，雖然不是她的錯，但她有很深的罪惡感，因此這罪惡感驅使她到老年的時候，去做她應該做而沒有做的事，而且她會在失去意識的狀態下，一而再、再而三地做。這就是心理學上的宣洩法（Catharsis），也是一種心理的淨化（Purgation）過程。

〈半個世紀以前〉表現一個人對自己的命運、自己的心理過程有新的領悟。主角是一位六十多歲的女人，她跟丈夫的感情很好，但她一直不明白自己念大學時為什麼會對這個不起眼的助教一見鍾情。一件在公園發生、沒有導致傷害的小意外，令她憶起童年和大學時代兩件類似的事，令她領悟出對丈夫會一見鍾情的原因。這是她針對自己的緣份，發現了什麼是自己心理上的因，心理上的種子。

〈船長夫人〉與〈燃燒的腦城〉兩篇都描寫心理上、精神上出了狀況的人。〈燃燒的腦城〉之中，我對那位發了瘋的「公子」之精神狀況和心理因素着墨不多，因為是用了「結尾的大逆轉」手法寫的，前面要把他寫成在敍述者的眼中雖然有些特別，但卻不怪異，到結尾敍述者才知道他患了精神病。〈船長夫人〉是由一個十五歲的女孩第一人稱的觀點寫的，因為她不涉世事，所以與一位精神病患開始相處時，只覺得她怪異，不會發現她有精神病，因此我可以少許鋪陳船長夫人不正常的精神狀況。如她有妄想症，把與丈夫的合照中那個自己，幻想為另一個女人，又如摟住來訪的乾妹妹，把她當作是自己丈夫。而且在故事的發展中，從她古怪的動作，滿牆的照片，她說的瘋話，我們可以推測出她患精神病的原因，感情上她太依賴丈夫了，她不能獨立地面對生活。

五、由現實進入夢幻

要帶領讀者進入奇幻境界，是作者的一大挑戰，尤其是越界要越得自然，越界之後的境界，不僅要奇幻得令人着迷，還要有其意義。川端康成就寫過這類的極短篇，堪可傳世。本書這一輯收的小說之中，有些是寫一些正常人受了打擊，因而進入夢幻世界，如〈墓碑〉和〈窗的誘惑〉；有些是寫似真似幻的故事，如〈生死牆〉與〈九彎十八拐〉；還有就是寫有宗教色彩的奇幻事件與奇幻世界，如〈蓮花水色〉與〈觀水〉。

〈墓碑〉的故事地點設在墳場，男女主角，一個是墓碑雕刻師傅，一個是殯儀館老闆的女兒，這都是我為結尾進入陰森的夢幻世界而準備的伏筆。因為他們以前常在墳場的雕刻店外約會，所以入夜後，女友的鬼魂來雕刻店找他就很自然了。故事開始的時候，男主角並不知道女友有多麼堅貞，更不知道她因為他而受了很多苦，甚至發瘋，最後死在精神病院。而結尾在男主角的夢幻世界裏，他所做的都是為了心疼女友，為愛而補償，例如到她被父親囚禁的殯儀館小室裏陪伴她。結尾最後兩行顯示，回到現實世界之後，他也瘋了，這是以愛報愛，以發瘋回報發瘋，所以那個夢幻世界呈現了深一層的意義。

故事的似真似幻，可以採用「羅生門」的方式，以呈現同一個故事，有的是現實的，有的是靈異的。〈九彎十八拐〉的三個不同結局，第一個屬於似真似幻，第二個結局屬鬼怪故事，第三個結局則屬寫實的故事。這種佈局難於處理的是，前面要如何寫，致令三種結局都合理呢？〈生死牆〉寫的是東德與西德之間的圍牆所造成的事件，我在一九八二年去過西柏林，也越過邊界，去探訪過東柏林。我的朋友畫家張杰看到報上發表的這篇小說，見到我說：「你在柏林竟然經歷到這樣一件怪事！」可見〈生死牆〉是很成功的，連我的朋友都信以為真，相信我遇見了一位東德人的鬼魂。要把虛幻的事寫得真實，關鍵是在細節，細節要非常寫實，例如要如何設計鬼魂的德文名字，以顯示他有一點華人血統，因此他找女主角這樣一個香港人說話，才合情合理。鬼魂的身分是一個攝影家，他教女主角用濾光鏡，就是寫到細節。當然小說前面大部分是寫實的，但其中必定要摻雜一些伏筆，若有若無地暗示他的鬼魂身分，如每次他都一下子就不見了；又如他說一些語含深意的話，像「那是用很大代價換來的」。

在各種宗教傳統中，都有很多靈異故事，〈觀水〉就是由佛經《楞嚴經》中「月光童子」一則發展出來的。〈蓮花水色〉中涉及佛教事跡，就是流雲和尚在瀑布前打坐的時間。寫這極短篇的時候，我還不是佛教徒。第一次出版的版本，寫他入定二十多小時，有幾個朋友笑我說，打坐哪有打那麼久的。我是多年後讀到《虛雲老和尚年譜》才知道虛雲老和尚在終南山打坐，竟入定十多日。不過，〈蓮花水色〉最後一版改為入定七個鐘頭，因為流雲和尚的修養不那麼深。不少朋友認為〈蓮花水色〉的結局不可信，流雲和尚一夜就衰老二十年，太誇張了。其實這個結局是有跡可循的。流雲是「童身修煉」，在兒童時期就出家了，他是沒有真正經歷過人生各種誘惑。流雲有他的罩門，有他的阿基理斯腳跟，他會迷戀美麗的，尤其是美得脫俗的人與物。因此「年逾四十」的他，「俊美如二十許人」是幻相，「額頭和眼角都出現斑馬線般的橫紋」才是真相、實相，因此罩門一破，實相就顯現了。

寫極短篇的時候，不一定要把所有的小說要素都放進去。你可以只發展故事，你可以只對比不同的觀點，你可以只描寫兩個人之間的關係。但重要的是，不管多短的小說，你要寫出一些感動人的東西，或者你要能透過這篇小說，令讀者幽默地會心一笑，令讀者驚歎，或令讀者領悟到一點人生的道理。

二〇一二年五月二十二日於香港

註：鍾玲，《輪迴》，台北：時報文化出版事業有限公司，一九八三年，頁五。